1

Bereits erschienen:

* Maldoron (2017)
* Die Gewölbe von Vuswal (2017)

Simone Menzenbach

Maknova

Gazette

-Sonderausgabe-

-Maldoron Kurzgeschichten-

-Fantasy-

Bibliografische Information der Deutschen
Nationalbibliothek: Die Deutsche Nationalbibliothek
verzeichnet diese Publikation in der Deutschen
Nationalbibliografie, detaillierte bibliografische
Daten sind im Internet über http://dnb.dnb.de
abrufbar.

©2019 Simone Menzenbach

Herstellung und Verlag

BoD – Books on Demand, Norderstedt

Assistenz: Maria Vollmer

Covergestaltung: Mario Traud Foto, Bochum

ISBN:9783749468447

Meinen herzlichen Dank an das Maldoron Team

Dagmar Finger
Thomas Gryga
Sara Menzenbach
Manuela Seuser
Mario Traud
Michael Vogt
Nicole Vogt
Maria Vollmer

Vorwort der Redaktion

Sehr geehrte Leserinnen, sehr geehrte Leser,

Sie kennen und schätzen unser täglich erscheinendes Nachrichtenblatt die *MAKNOVA GAZETTE* als zuverlässige, innovative und hochwertige Nachrichtenquelle für Maknova Stadt und das benachbarte Umland.

Viele Briefe unserer werten Leserschaft forderten uns auf, detaillierter über die Geschehnisse zu berichten, die ganz Synkana seit geraumer Zeit in Atem halten. Dieser Aufforderung kommen wir gerne nach. Wir haben keine Kosten und Mühen gescheut und unsere Berichterstatter auch in die entferntesten Winkel unseres geliebten Kontinents entsandt, um für Sie die Geschichten hinter der Geschichte zu ermitteln.

Voller Stolz präsentieren wir Ihnen in dieser Sonderausgabe die ersten, zum Teil verstörenden, zum Teil erhellenden Erkenntnisse unserer Einsatzteams. Wir hoffen, Ihnen auf diesem Wege die Hintergründe und Informationen liefern zu können, die ein Mensch / Zwerg / Elf (unzutreffendes bitte streichen) von heute benötigt. Werden Sie zum Star eines jeden Akademikerstammtischs! Beeindrucken Sie ihre Lehrer und Professoren mit bisher unbekanntem Wissen! Seien Sie up to date mit unserer *MAKNOVA GAZETTE!*

Hochachtungsvoll,

Tippsella Schlag-Zeile
Chefredakteurin

P.S. Unser Hausalchemist experimentiert zurzeit mit einer neuen Technik der Bildaufzeichnung, die wir Ihnen gerne vorstellen möchten. Er nennt es Photomantie.

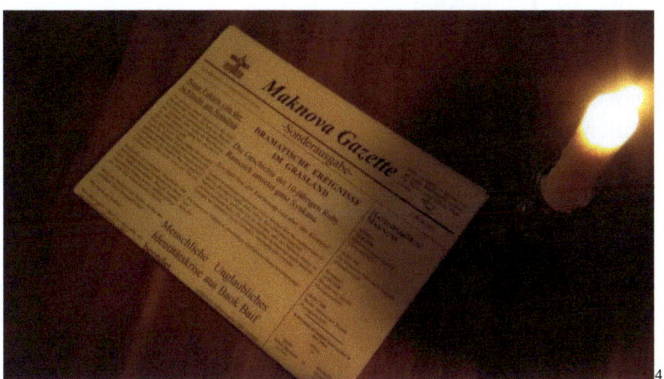

Das Ergebnis ist, wie wir finden, sehr gelungen. Leider hat er bei seinen Experimenten den Dachgiebel des Gazette-Gebäudes abgesprengt. Wir haben Seuso'ma Räumlichkeiten an der Stadtgrenze zur Verfügung gestellt, um seine Experimente leserfreundlicher zu gestalten, da wir davon ausgehen, dass keiner von Ihnen Bekanntschaft mit fliegenden Dachgiebeln wünscht. Die Renovierungsarbeiten am Haupthaus schreiten gut voran.

Als weitere Sicherheitsmaßnahme zeigen wir auf den Folgeseiten lediglich einige seiner schwarz/weiß Aufnahmen. Uns wurde versichert, dass diese lediglich in seltenen Ausnahmefällen zur Selbstentzündung neigen.

Wir bitten unsere Leser trotzdem vorsichtshalber einen Eimer Wasser bereit zu halten!

†

Tuziwe, 10. Tholmagtog

Organza, mein Name. Werte Damen und Herren, heute melde ich mich aus Tuziwe.

†   Tuziwe, der Stadt, die sich dem thyrriannischen Heer unter General Sobar, nach erbitterten Kämpfen ergeben musste.

†   ...der Stadt, die unter dem hohen Verwalter Sobar, die Besatzer vertrieb und die Graslande befreite.

†   ...der Stadt, deren Bewohner mit wehenden Segeln über Thyrrus herfielen und die geraubten Kinder retteten.

†   ...Tuziwe, die Stadt der Helden.

Diese Stadt und ihr Umland stehen in diesen Tagen für Mut und Tapferkeit. Doch selbst die Jüngsten der gewaltsam zusammengeführten Völkervielfalt, innerhalb und außerhalb ihrer Mauern, mussten dafür ihren Beitrag leisten. Lesen Sie nun den Bericht über die junge Goblin Ruby (10).

†

Auf der Flucht

Kalter Schweiß lief ihr den Rücken hinab, als sie an die Ereignisse der letzten Tage dachte. Alles hatte so schön angefangen. Genau zum Beginn der Ferien war Vater mit einer Herde Schafe zum mittleren Kreis der Ramosch aufgebrochen und sie, Ruby, hatte ihn begleiten dürfen. Vater war Hirte und ein guter noch dazu. Zwei Wochen sollte sie mit ihm ziehen und anschließend mit einem der Versorgungskarren zurück zum Goblindorf Ramosch fahren.

Die ersten drei Tage hatte sie viel Spaß. Die ganze Aufregung des Auszugs aus dem Dorf, alle Freunde winkten ihr neidisch hinterher. Die Tiere, alle festlich geschmückt. Anschließend der Zug über das Weideland der Ramosch, vorbei an den Herden des ersten Kreises. Vater hatte ihr alles erklärt und Ruby hatte viel gelernt.

Alles begann mit einer blauen Linie mitten im Gras, die sie mit ihrer Herde und den anderen Hirten überschritten. Rechts und links der Linie stand hohes, saftiges Gras, auf dem blauen Streifen jedoch wuchs nicht ein einziger Halm. Er war vielleicht zwei Handspannen breit und erstreckte sich endlos in beide Richtungen.

„Es gibt also tatsächlich Kreise im Grasland?", staunte Ruby ungläubig.
„Aber ja!", nickte Vater.
„Ich habe nicht geglaubt, dass sie wirklich da sind. Ich meine, da schon, aber eben nur in den Köpfen. Vielleicht auch mit einigen Landmarken angedeutet. Ich habe nie wirklich an eine Linie gedacht.", meinte das Mädchen und rieb sich überrascht das Kinn. „Ich habe es immer nur für ein Märchen gehalten."
„So geht es vielen Kindern. Das kommt davon, dass wir nicht mehr alle gemeinsam durch die Kreise ziehen, wie es noch vor hundert Jahren üblich war. Früher hat man von Kindesbeinen an gewusst, dass die Kreise existieren und wie sie zustande gekommen sind. Heutzutage leben fast alle Goblins im Dorf, ihr Kinder müsst die Schule besuchen und altes Wissen wird zu einer weit entfernten Geschichte. Es bleibt keine Zeit mehr, lange Reisen durch die Kreise zu machen. Das obliegt nur noch den Hirten. Ich schlage vor, ich erzähle dir die Geschichte noch einmal von Anfang an."
Ruby nickte begeistert, sie liebte es wenn Vater Geschichten erzählte. Und wenn man alles auch noch mit den eigenen Augen betrachten konnte, war es noch viel aufregender.
Vater besann sich kurz und während sie, gemütlich voran schreitend, die Schafe vor sich her trieben, begann er zu erzählen.

„Also, der Ursprung von allem war Tel, die Erste Goblin. Von Tholmag und Haritho erschaffen, erhielt sie einst die Aufgabe das Grasland zu besiedeln. Sie sammelte daraufhin alle Goblins um sich und beratschlagte mit ihnen. Weise, wie sie war, teilte sie die Goblins in Gruppen auf, die später die einzelnen Stämme bilden sollten.

Da waren die Ramosch, die Kakamal, die Tombawar, die Suniber und viele andere. Anschließend teilte Tel die Lande auf. Sie zog zehn rote Kreise in das Grün der Landschaft, in ihnen zog sie je einen kleineren weißen und einen noch kleineren blauen Kreis. In der Mitte des blauen Kreises sollte jeder Stamm sein Winterquartier erbauen. Ein Ort, an dem die Alten und die Allerkleinsten verweilen konnten, während der Stamm mit den Herden durch die Lande zog. Ein Ort, wo die Goblins und ihre Tiere in der harten Winterzeit Zuflucht suchen konnten.

2

Zunächst blieben nur wenige im Dorf zurück. Gerade genug, um die Äcker zu bestellen, Getreide und Heu für den Winter einzufahren und über das Jahr Reparaturen an den Häusern vorzunehmen. Mit der Zeit jedoch wurden die Goblins sesshaft, sie erlernten verschiedene Handwerksberufe die feste Werkstätten benötigten und die Familien der Handwerker wollten ebenfalls bleiben.

Heute ziehen nur noch die jungen unverheirateten Goblins mit den Herden oder die Älteren, deren Lebensinhalt die Tiere sind, so wie ich. Der Großteil aber bleibt im Dorf und lebt ein Leben der Sesshaftigkeit.

Innerhalb des blauen Kreises werden wie du weißt, in der Regel die Ponys und die langsamen Tiere wie Gänse, Hühner und Schweine gehalten, so dass man sie im Augen behalten und abends in die Pferche treiben kann. Wichtig ist auch, dass die Ponys bei Bedarf zur Hand sind und nicht erst stundenlang eingefangen werden müssen. Im weißen Kreis ziehen die Schafe umher, im roten die Rinder.

Während der Monde, in denen die Hirten in den Kreisen leben, verarbeiten sie die anfallenden Produkte, die in regelmäßigen Abständen mit Ponykarren aus dem Dorf abgeholt werden. Wenn wir heute Abend das Nachtlager bereitet haben, wirst du es selbst erleben. Einer der Hirten wird das Kochen übernehmen, die anderen jedoch werden die Tiere melken, einzelne Schafe scheren und anschließend Milch und Wolle weiterverarbeiten. Wir sorgen dafür, dass das Dorf mit Milch, Käse und Wolle versorgt wird. Einige von uns können spinnen, stricken und weben und da an den langen Abenden auf dem Grasland meist nicht viel Aufregendes passiert, nutzen wir diese Talente zum Zeitvertreib."

Ruby lächelte, sie selbst trug einen dünnen Wollpullover, den ihr Vater für sie gestrickt hatte. Bewunderung lag in ihren Augen, das wollte sie auch können.

Vater schmunzelte zu dem Mädchen hinab und fuhr fort. „Der äußerste, also der rote Kreis eines jeden Stammes überschneidet sich jeweils mit dem der Nachbarn im Osten und Westen. Die Ramosch und die Suniber bilden die einzige Ausnahme. Wir Ramosch treffen unsere Nachbarn nur im Nordosten, die andere Seite wird durch den Sumpf begrenzt. Die Suniber am anderen Ende des Graslandes hingegen treffen nur im Westen mit ihren Nachbarn zusammen, denn weiter im Osten beginnen die Herrschaftsgebiete der anderen Rassen.

Jeden Herbst treffen wir im Nordosten auf die Kakamal und ihre Herden. Man trifft Verwandte, knüpft und erneuert Freundschaften. Viele Ehen zwischen den Clans finden ihren Ursprung in dieser Zeit des Doppelkreises, auch deine Schwestern haben ihre Männer während des letzten Herbstes dort kennengelernt."

Ruby nickte traurig. Sie vermisste ihre großen Schwestern. Beide waren letztes Jahr mit den Rinderherden unterwegs gewesen und hatten in der Kreiszeit zwei junge Männer der Kakamal kennengelernt. Wie es zwischen Goblinclans üblich war, zogen die beiden nach der Hochzeit nach Kakamal und wurden dort Teil des Clans. Nun waren sie keine Ramosch mehr und die Wahrscheinlichkeit sie bald wiederzusehen gering.

†

Die Abende auf dem Grasland waren schön. Vater brachte ihr bei wie man Wolle spann und auch einige Maschen ihres ersten selbst hergestellten Pullovers meisterte sie hervorragend. Hinzu kamen die gemeinsamen Mahlzeiten am offenen Feuer; das Einschlafen unter dem weiten Sternenzelt und der laue Wind der milden Frühsommernächte. Doch dann kam die Nacht des Feuers, die Nacht des Mordes und Verrats. Dann kamen die Kakamal!

Rubys Mutter war eine geborene Kakamal; ebenso wie Rubys Schwestern durch Heirat zu Kakamal geworden waren, war sie eine Ramosch geworden. Wahrscheinlich würde Ruby selbst einmal einen Kakamal heiraten und so den Stamm wechseln. Trotz alle dem waren sie immer noch Verwandte. Obwohl, wer wusste es schon, denn diese Nacht könnte alles verändert haben.

Noch nie hatte sich ein Goblinstamm in feindlicher Absicht einem der anderen Stämme genähert. Natürlich hatte es über die Jahrhunderte hier und da einmal Streit gegeben. Streit um ungezeichnetes Vieh; Streit um eine Mitgift oder ein Erbe; in einem Fall auch mal einen Streit um ein nicht eingehaltenes Eheversprechen. Wie bei allen Streits hatte es viel Gerede gegeben, aber am Ende hatte man sich gütlich geeinigt.

Diese Nacht jedoch war ein Novum. Vater schüttelte Rubys Schulter bis sie erwachte. Sie konnte noch nicht sehr lange geschlafen haben, denn der Mond war in seinem täglichen Lauf noch nicht entscheidend weiter gekommen. Groß und sein fahles bläuliches Licht verbreitend, hing er tief über dem Grasland. Ruby mochte diesen Anblick, doch Vater rüttelte immer heftiger an ihr und es blieb keine Zeit um zu träumen.

Das Lagerfeuer hatten die Hirten am Abend gelöscht. Trotzdem war es ungewohnt hell. Feuerschein loderte am Horizont und Ruby meinte fast Brandgeruch wahrzunehmen, aber das war natürlich Unsinn. Was auch immer da brannte, es war viel zu weit entfernt. Mindestens mehrere Wegstunden.

„Was ist das?", fragte Ruby Vater.
„Ramosch!", hauchte dieser atemlos.
„Ramosch brennt?", fragte das Mädchen entsetzt und Vater nickte bestürzt.
Das Mädchen streckte den Kopf vor und kniff die Augen zusammen, um besser sehen zu können. „Was mag es wohl sein was da brennt? Hoffentlich nichts Wichtiges."

Vater sah auf Ruby hinab und drückte sie leicht an sich, als müsse er sie vor dem schützen was er nun sagte. „Da brennt nicht nur ein Schober oder eine Scheune, Ruby. Der Großteil von Ramosch steht in Flammen."

Das kleine, zierliche Mädchen an seiner Seite zuckte zusammen. Ihre Augen wurden handtellergroß vor Angst. „Aber was ist mit Mutter, Wimal und Zuka? Was ist mit den Großeltern und den anderen Ramosch?"
„Mutter ist gewitzt. Sie wird sich selbst und deine Brüder in Sicherheit gebracht haben. Auch den Großeltern wird es gut gehen."
„Vater, wir müssen zurück und ihnen helfen!"
Der Goblin schüttelte traurig den Kopf. „Die anderen Hirten sind bereits aufgebrochen, als du noch fest geschlafen hast. Sie werden nach dem Rechten sehen und beim Löschen helfen. Sie werden sich auch um Mutter und die Jungs kümmern."

Ruby sprang aufgeregt auf und ab. „Aber wir können doch nicht einfach hier herum sitzen und nichts tun." Verzweifelt rang sie die kleinen Hände; dachte an die Familie und die Freunde, die sie in Ramosch zurück gelassen hatte und die nun in größter Not waren.

„Nein, Ruby! Unser Stamm hat vielleicht in diesem Moment alles was er von Wert besaß verloren. Heim, Werkstätten, Vorräte und, möge Binto die Mutter allen Lebens uns davor bewahren, einige Goblinleben. Möglicherweise sind die einzigen Dinge die wir noch besitzen unsere Schaf- und Rinderherden. Wir haben zur Rettung geschickt wen wir entbehren konnten, doch wir beide werden jetzt unsere Pflicht erfüllen und auf die Tiere achten, bis die Hirten zurückkehren."
Ruby verstand, was der Vater sagte, doch ihr Herz sprach andere Worte. Sie wollte heim. Sie wollte sich vergewissern, dass es allen gut ging. Sie wollte helfen. Sie wollte sich nicht länger hilflos vorkommen und lediglich aus der Ferne auf das hoch lodernde Inferno starren.

Die Stunden vergingen und die Flammen in der Ferne nahmen nicht ab, sondern eher noch zu. Die Brände schienen sich nach all der Zeit immer noch weiter auszubreiten. Eine Tatsache, die Ruby völlig unverständlich war; die Löschversuche mussten doch langsam Erfolg zeigen, doch der Himmel über Ramosch glühte blutrot in der Nacht. Vater versuchte die Tiere zu beruhigen und beisammen zu halten. Er band ihnen die Vorderläufe zusammen, damit sie sich nicht auf der ganzen Ebene verteilten, denn sie spürten die Aufregung ihrer goblinischen Herren und nahmen den Brandgeruch, der mittlerweile tatsächlich über dem Grasland lag, viel stärker wahr. Die Tiere waren angespannt und sturer als gewöhnlich, so dauerte es eine Weile, bis Ruby und Vater alle eingefangen und gebunden hatten. Immer wieder wanderte der Blick der beiden Ramosch zu ihrer Heimatstadt.

Kurz vor Morgengrauen konnten sie einige Reiter auf Ponys ausmachen, die sich dunkel vor dem grellen Hintergrund abhoben. Sie ritten kreuz und quer über die Ebene, als würden sie etwas suchen. Vater betrachtete das Ganze eine Weile lang und zog die Stirn kraus. „Da stimmt doch was nicht!", murmelte er.
Ruby sah fragend zu ihm auf, aber Vater achtete nicht auf sie. Er sprach mit sich selbst; versuchte Sinn in dem zu erkennen was er vor sich sah. „Warum reiten sie wie wild hin und her? Sie sollten die Stadt löschen. Außerdem wissen sie doch, wo die Herden jede Nacht rasten."
„Vater? Kommen unsere Hirten zurück?", fragte Ruby mit leisem Zweifel in der Stimme.
Vater schüttelte langsam den Kopf. „Nein, das sind nicht unsere Hirten. Ich glaube, dass sind noch nicht einmal Ramosch. Diese Reiter dort kennen sich auf unserem Land nicht aus. Hast du den einen dort gesehen? Er ist soeben im vollen Galopp in den Ostbach geritten. Das tut niemand der die Gegend kennt, es sei denn er will seinem Pony die Beine brechen." Er grübelte noch eine Weile, dann sah er auf seine Tochter hinab. „Versteck dich!"

„Aber Vater…"

„Tu was ich sage!" Hastig begann er den Schafen die Seile abzunehmen und scheuchte sie davon, damit sie sich auf der Ebene verteilten. Wenn sie hinter den Tieren her waren, mochte ihnen das vielleicht das Leben retten.

„Aber wo soll ich mich denn verstecken? Hier ist überall nur plattes Land." Ruby sah sich verzweifelt um. Nun verstand sie gar nichts mehr. Was sollte das heißen: ‚Keine Ramosch'. Warum sollte sie sich verstecken?

„Geh zum Bachbett, an dem wir gestern Abend die Herde getränkt haben. Es liegt tiefer als das Umland und wird dich vor unfreundlichen Blicken schützen. Folge den Windungen nach Süden, bis du auf die Sümpfe stößt. Dort warte auf mich. Gehe nicht hinein! Mit ein bisschen Glück bringe ich uns einen Hasen für das Nachtmahl mit." Er nahm sie kurz zum Abschied in den Arm und trocknete die Tränen der Ungewissheit, die Rubys Wangen hinab liefen, dann wandte er sich wieder den Tieren zu.

Das Mädchen raffte ihre Sachen zusammen und lief zum Bachlauf. Bevor sie die sanfte Böschung hinab kletterte, blickte sie sich ein letztes Mal zu Vater um. Auch er trug mittlerweile seine eilig zusammengepackten Sachen in einem Beutel auf dem Rücken. Immer wieder leise Rufe ausstoßend trieb er die Herde weiter auseinander, seinen Blick fest auf die fernen Reiter gerichtet. Als das letzte Schaf davon stob, machte er sich in östlicher Richtung davon; eine falsche Fährte legend.

Auch Ruby setzte nun ihren Weg fort. Unten am Bachbett angelangt setzte sie vorsichtig einen Fuß vor den anderen. Dort im Schatten der Böschung, spendete der Schein des Feuers kein Licht mehr; lediglich der tief stehende Mond ließ sie die Hindernisse vor ihren Füßen erahnen. Um im Schlick des Ufers keine Spuren zu hinterlassen, bewegte sie sich auf dem schmalen Streifen Gras zwischen Bach und Böschung.

Das munter plätschernde Gewässer von all dem Drama drum

herum nicht beeindruckt, floss in zahlreichen Windungen durch das satte Grün der Ebene. Ruby folgte ihm, wie Vater bestimmt hatte. Als der Tag anbrach kroch sie in ein niedriges Gebüsch und schlief erschöpft ein, bis sie sich in der Abenddämmerung wieder heraus wagte. Von Vater war noch immer keine Spur zu sehen.

2

Sie wanderte die ganze Nacht hindurch und erreichte in den frühen Morgenstunden eine Gegend, die sie noch nie zuvor gesehen hatte. Sie war ein Kind der weiten Lande und der grünen Weiden. Graubrauner Morast und gelbliches Salzgras waren ihr fremd.

Der Bach verbreitete sich allmählich und sammelte sich zu einem kleinen Tümpel, von Weiden und vereinzelten

Mangroven umstellt. Im hinteren Bereich des Teiches befand sich ein kleiner Wasserfall, der sich in den weitläufigen Sumpf hinabstürzte und im salzigen Nebel verschwand. Weiter nach Süden konnte sie nicht wandern, ohne den verbotenen Bereich zu betreten. Ruby sah sich um. Vater war immer noch nicht da. Sie würde hier auf ihn warten müssen.

Eine der Mangroven, die sich weit aus dem Sumpf herausgewagt hatte, stand halb verkümmert am Rand des Weihers. Nur wenige ihrer Wurzeln tauchten in das nahe Wasser und unter ihrem Stamm hatte sich eine kleine Höhle gebildet. Das Mädchen sammelte Äste und Blätter und machte sich daran die Höhle zu verkleiden. Hier würde sie sich vor neugierigen Blicken verstecken, bis die Nacht herein brach oder Vater endlich eintreffen würde.

Sie webte biegsame Äste der Weiden zu einem Netz, welches sie mit den Blättern der Mangroven verkleidete und als Sichtschutz vor die winzige Höhle schieben konnte. Die verbleibenden Blätter nutzte sie, um sich selbst eine weiche Unterlage zu schaffen. Sie schob den Rucksack in ihr kleines Nest, trank noch einige Schlucke Wasser am Weiher und kletterte hinterher. Sie verspürte keinen Hunger, trotzdem zwang sie sich etwas zu essen. Es würde keinen Sinn haben, ihren Vater entkräftet zu empfangen. Kaum das ihr Kopf den Rucksack berührte, den sie als Kopfkissen benutzte, schlief sie bereits.

Erst am Mittag, als die Sonne hoch am Himmel stand und auf den Teich herab brannte, erwachte sie. Hastig spähte sie nach draußen, konnte Vater aber immer noch nicht erblicken. Es war nun schon so lange her, dass sie sich getrennt hatten. Wenn ihm nun etwas passiert war. Was sollte dann aus ihr werden?

3

Sie schlotterte vor Angst und Verzweiflung. Tränen liefen ihr über das Gesicht. Ein Schluchzer schnürte ihr die Kehle zu. Sie griff nach ihrem Rucksack; drückte ihn fest gegen ihr Gesicht und weinte in den Stoff des Beutels hinein, bis die Tränen versiegten.

Die Minuten des Wartens wurden zu Stunden. Ruby musste hier raus. Die stickige Luft und die Enge der Höhle machte sie noch beklommener als ihr ohnehin schon zumute war. Aber die Sonne wollte sich einfach nicht schneller bewegen. Endlich, nach Äonen trat die Dämmerung ein und Ruby wagte sich aus ihrem Versteck.

Sie schob die Schutzwand zur Seite, kletterte aus der Höhlung des Baumes hervor und streckte sich ausgiebig. Tief sog sie die frische Luft in ihre Lungen. Dann duckte sie sich plötzlich. Sie ahnte es mehr als das sie es sah, aber dort war Bewegung zwischen den Bäumen.

Der Wind war es nicht, denn die Luft war unbewegt und stickig. Leise wie ein Wiesel huschte sie zurück zur Mangrove und verbarrikadierte sich. Wer war das? War es ein Feind? War es Vater? Ängstlich, wie ein Kaninchen in seinem Bau, spähte sie durch das Blattwerk ihrer Schutzmauer. Es war niemand zu sehen. Kein Ton drang an ihr Ohr. Aber es war jemand da! Sie hatte es gesehen!

Schon war sie versucht nach Vater zu rufen. Er musste es einfach sein. Im letzten Moment drückte sie sich selbst die Hand vor den Mund, so dass ihrer Kehle nur ein leises, klägliches Wimmern entrang.

„Komm heraus, ich weiß, dass du hier bist.", flüsterte eine Stimme in ihrer Nähe.
War das Vater? Sie konnte seine Stimme nicht wirklich erkennen, das Flüstern des Baches und das Plätschern des Wasserfalls verzerrten die Worte. Aber es musste Vater sein!
„Nun komm schon. Wir haben es eilig! Wir können nicht ewig hier bleiben."

Eine leise innere Stimme warnte Ruby und sie sträubte sich die Höhle zu verlassen. Sie kauerte sich tiefer unter den Stamm der Mangrove. Die Augen vor Angst weit aufgerissen.
Die Stimme wurde barsch. „Du kommst jetzt SOFORT heraus, oder ich hole dich und dann kannst du was erleben!"
Das war nicht Vater! Vater hatte ihr noch nie mit Schlägen gedroht. Was sollte sie nur tun?

Das Verdeck aus Ästen und Blättern wurde mit Wucht beiseite gerissen. Eine Hand fuhr in die Höhle hinein und griff sie grob am Kittel. Obwohl sie biss, kratzte, trat und spuckte wurde sie mit Gewalt aus ihrer Höhle gezerrt. Mit den verschiedensten Flüchen bedacht, warf sie der fremde Goblin vor der Mangrove zu Boden und rieb sich seine Blessuren. Der Aufprall tat weh und trieb Ruby die Tränen in die Augen.

Sie durfte jetzt nicht weinen! Hastig wischte sie die Tränen mit dem Ärmel fort, sprang auf und trat dem Goblin mit all ihrer Kraft gegen das Schienbein. Er schrie auf und hüpfte auf einem Bein auf der Stelle. Das Mädchen machte kehrt und flüchtete um den Weiher herum in Richtung Bachlauf. Hinter einer Weide traten zwei weitere Goblin hervor, die sich bisher ihrem Blick entzogen hatten. Gnadenlos packten die beiden zu und verschnürten sie zu einem kleinen Bündel, das nur ihre Beine frei ließ. Ruby schrie wie am Spieß, bis man ihr einen dreckigen Lappen in den Mund drückte. Die Heftigkeit ließ sie würgen und sie musste kurz die Augen schließen, um dem Reiz nicht nachzugeben.

Neben ihr entstand ein kleiner Tumult. Da war noch jemand. Ein Jemand, der sich nun zur Wehr setzte und mit vorgeschobenem Kopf gegen die Goblins rempelte. Sie blinzelte einige aufkeimenden Tränen fort und sah ihren Vater. Ebenso verschnürt wie sie selbst, versuchte er mit allen zur Verfügung stehenden Mitteln zu ihr zu kommen. Er hatte bereits ihre beiden Häscher zu Boden geschickt. Und dann war er bei ihr. Froh, dass der jeweils andere noch lebte, standen sie einfach nur eng aneinander geschmiegt da und spendeten sich gegenseitig Trost. Hinter ihnen näherten sich drei Kakamal mit wütenden Gesichtern.

Erzählung von Ruby Ramosch,

schriftlich festgehalten von Organza (Maknova Gazette) im Goblinlager vor den Toren Tuziwes.

Anm. d. Redaktion: Kurz nach der Übermittlung dieses Berichts brach der Familienverband der Ramosch auf, um in ihre angestammten Gebiete im Grasland zurückzukehren und mit dem Wiederaufbau des Dorfes zu beginnen. Ruby und ihrer Familie geht es gut! Wir werden Sie über die weitere Entwicklung auf dem Laufenden halten.

-Familienanzeigen-

ଛଠ ଓ଼ଷ ଛଠ ଓ଼ଷ ଛଠ ଓ଼ଷ ଛଠ ଓ଼ଷ ଛଠ ଓ଼ଷ ଛଠ ଓ଼ଷ

Der Ältestenrat des Sumpflandes und angrenzender Orkgebiete
freut sich bekannt zu geben:

Dem Rudelführer der Emyl-Macons

Shantar   &   *Nasha*

seiner Gefährtin, wurden am 18. Tholmagtog vier reizende
Kätzchen geboren. Mutter und Kinder sind wohl auf.

❦	*Rana*	20,2 kg, 80 cm
❦	*Susa*	25,5 kg, 81 cm
❦	*Aimi*	19,8 kg, 79 cm
❦	*KTjamin*	27,3 kg, 81 cm

Den Worten des stolzen, aber sichtlich gezeichneten Vaters
entnehmen wir, dass die vier Racker bereits das ganze Dorf in
Atem halten. Niemand scheint vor ihren Streichen sicher zu
sein. Auch wurde bereits die Vorratshütte um eine ganze
Sumpfbullenhälfte erleichtert.

Wir wünschen der jungen Familie alles Gute und stabile
Nerven!

ଛଠ ଓ଼ଷ ଛଠ ଓ଼ଷ ଛଠ ଓ଼ଷ ଛଠ ଓ଼ଷ ଛଠ ଓ଼ଷ ଛଠ ଓ଼ଷ

Der Rat der Stadt Somfrem gibt mit großer Freude bekannt:

Die Hochzeit von

Tavu'un ❤ ❤ *Rana Asembarani*

Die ergreifende Trauung fand am 15. Tholmagtog, um 15:00 Uhr im großen Silmastempel zu Somfren statt. Neben zahlreichen Bürgern und Würdenträgern, fanden sich viele Gäste aus ganz Synkana ein. Unter den Ehrengästen ragten die göttlichen Herrschaften Silmas und Farill heraus, welche sich sichtlich an dem Glück des jungen Paares erfreuten.

Durch die Zeremonie führte die Hohepriesterin Kalia, welche nach Abschluss der kultischen Handlungen von ihrem Amt zurücktrat. Wir würdigen die großartigen Leistungen der Kalia'tavu um den Erhalt des Silmastempels. Sie war stets eine Säule der Gesellschaft und ein Halt für die Bevölkerung in den Zeiten der Besatzung. Wir wünschen ihr alles Gute für ihren Start in den Ruhestand.

Die Nachfolge als Hohepriester übernimmt Tavu'un, Sohn des Tavu'gan. Wir wünschen ihm die nötige Weisheit und Weitsicht, um das Volk von Somfren auch bei stürmischer See in den sicheren Hafen der erlauchten Gottheit zu geleiten.

Glückwünsche senden Sie bitte an Toria'tavu, Strandweg 5, Somfrem.

Der Tolmag Tempel zu Vuswal gibt mit großer Trauer und voller Bestürzung bekannt, dass unser allseitsgeliebter Opferbock

Hephimatos
am 05. Silmastog

im stolzen Alter von fünfundzwanzig Sonnenläufen, verschieben ist.

Hephimatos, der im Anschluss an die zerimonielle Nichtopferung, seinen regelmäßigen Auslauf nutzte, um im „grünen Flöz" von herabgefallenen Datteln zu naschen, kam auf dem Rückweg zum heimischen Stall, auf tragische Weise ums Leben. Bei der Überquerung der „Tonleiter" übersah das stark kurzsichtige Tier eine heranrasende Bierkutsche und erlitt beim Anblik der beim Nothalt aufsteigenden Pferde einen Herzinfakt.

Hephimatos hinterlässt drei Ziegen und eine stattliche Anzahl unmündiger Geißlein. Die Angehörigen stehen anlässlich des Todes ihres Familienoberhaupts unter Schock und wurden anonym auf einer angemessenen Weide im Umland untergebracht.
Die gesamte Tholmag Gemeinde versinkt in Trauer und möchte die Gelegenheit nutzen, die Bevölkerung zu einer gemäßigten Kutschengeschwindigkeit innerhalb des Stadtstaats aufzurufen.

 **für Vuswal!!!**

Hohepriester Egrill

Die Beisetzung erfolgt nächsten Mittwoch auf dem Tempelfriedhof. Öffentliche Anteilnahme wird erbeten.

♥ Die Hochämter der Stadtstaaten Vuswal und Miltum ♥
geben bekannt:

Verlobung
von

KÖNIG   **PRINZESSIN**
SENOK GRAUBART   *mit*   **DEANDRA**
von Vuswal   *von Miltum*

Tochter von KÖNIGIN
KAMADRE von Miltum

Die Verlobungsfeierlichkeiten finden im kleinen Kreis am königlichen Hof von Miltum statt. Reiter mit Einladungen werden die Gäste in Kürze erreichen.

Die Hochzeit ist für den 05.Phanistog des folgenden Sonnenlaufs in Vuswal geplant. In beiden Stadtstaaten wird dieser Tag zum offiziellen Feiertag erklärt. Die Bevölkerung kann sich auf zahlreiche Festivitäten freuen.

Seine königliche Hoheit Senok Graubart bittet die Bevölkerung von Vuswal Prinzessin Dreandra herzlich in der Stadt willkommen zu heißen und ihr den Abschied vom geliebten Miltum so einfach wie möglich zu gestalten.

Der König ließ verlauten, dass Prinzessin Dreandra gelbe Rosen und weißen Flieder über alles lieb. Deren Anblick wird ihr beim Empfang sicher das Herz für unseren Stadtberg öffnen.

Hochachtungsvoll,
Forten

Gnu´zurr ZACK, Mann mit Stock, Zeremonienmeister von Vuswal

Vuswal, 19. Silmastog

Berichterstattung: Milla Hammerstiel

Vor wenigen Tagen erreichte mich der Auftrag einen Bericht für die Sonderausgabe der *MAKNOVA GAZETTE* zu verfassen, zu einem Zeitpunkt, in der meine geliebte Heimatstadt zahlreiche positive wie negative Umwälzungen durchlief.

Welches dieser dramatischen, interessanten oder verstörenden Ereignisse sollte ich schildern?

† die Entdeckung der Uralten? Die Auferstehung der Thimakaron?

† die Vernichtung der Gringars?

† die Machenschaften der Frau Schorli und die Unterwanderung Vuswals durch Anhänger des Tyrannen?

† die berechtigten Nöte der Flüchtlinge aus Kuszok und Benim, die in unseren Mauern Zuflucht vor Naturkatastrophen und Krieg suchen?

Ich entschied mich für das, was jedes Zwergenherz zum Bluten bringt und lege nachfolgenden Tatsachenbericht bei.

Verrat am König

Maldoron, Synkana, Bergfestung Xaxemm. Mein Name ist Hjlgar Axtschärfer, Wachoffizier der 3. Sohle und somit zuständig für die Sicherheit im Bereich der Schmieden und Hochöfen.

Wie dem geneigten Leser vielleicht bekannt ist, ist Xaxemm sozusagen das Epizentrum der zwergischen Schmiedekunst auf Maldoron und allein dem König Senok Graubart in Vuswal Untertan. Jedoch ist der Tafelberg von Vuswal weit entfernt und die abgelegene Lage Xaxemms, im Herzen des Quamtarosch, dem höchsten Gipfel der gesamten Gebirgskette, macht es notwendig eine sekundäre Hierarchie zu etablieren. Unser oberster Herr im Berg ist deshalb Kommandant Tugall, gefolgt von Hofmeister Waal, einem engen Vertrauten des Königs.

Nun mag der neutrale Betrachter fragen, warum dereinst ausgerechnet dieser abgelegene Platz als Standort für die großen Schmieden ausgewählt wurde. Nun, die Antwort ist einfach. Der gigantische Quamtarosch bot nicht nur Zugang zu den benötigten Materialien Gold, Silber und Eisen; das Quam-Gebirge mit seinen zahllosen Gipfeln bot auch Kohle, Schwefel und Salzverbindungen. Im weiteren Umfeld von Xaxemm bestehen keine größeren Siedlungen, sodass wir Zwerge Anspruch auf die Wild- und Holzbestände erheben konnten. Ein entscheidender Faktor für eine Bergwerkskolonie. In der Talsenke vor Xaxemm ist sogar in einigen Monaten des Jahres Ackerbau und Viehzucht möglich, ein Umstand der die Festung zum Selbstversorger macht. Und das ist auch notwendig, denn der einzige Weg nach Vuswal führt über den Pass von Partem, einer schmalen Schlucht zwischen dem Quam-Gebirge und den Wolkenbergen, welcher lediglich sechs Monate im Jahr schneefrei ist. In diesem kurzen Zeitraum erfolgen die Warenlieferungen an unsere geliebte Heimatstadt. Selbstverständlich kommen im Gegenzug auch Waren zurück,

Stoffe, Spiel- und Süßwaren, ja sogar Möbel und manches an Werkzeug und Material bringt die Transportkarawane nach Xaxemm. Alles was die Familien hier benötigen aber nicht selber herstellen können; doch die Versorgung der Stadt unter dem Berg mit Lebensmitteln ist eine ganz andere Nummer. Gemütlich haben wir es hier, wenn auch nicht luxuriös. Man kommt zurecht.

Wenn nun der Leser meinen nachfolgenden Bericht über die mysteriösen Umstände verstehen soll, die zur Ermordung von Borka Senkbeil führten, so muss ich noch ein Wort über den Aufbau unserer Stadt verlieren. Ein entfernter Vetter hat einmal gesagt ‚Zwergentüren soll man nicht finden!', doch wir in Xaxemm sehen das anders. Der Eingang zur Festung liegt ebenerdig auf der Westseite des Quamtarosch, im Tal der Seufzer. Das Tal ist weitläufig, aber verwinkelt und von allen Seiten von Bergen umgeben. Lediglich ein schmaler Pfad führt um den Quamtarosch herum aus dem Tal heraus. Die anderen Schluchten verlaufen ins Leere, durch sie pfeift der Wind mit hohen Geschwindigkeiten und erzeugt seufzende Töne, je nachdem durch welches Tal er pfeift. Nur bei absoluter Windstille ist es einmal ruhig im Tal, ein Umstand der viele Bewohner nervös macht.

Das Portal ist hoch und weit. In den Stein hinein gemeißelte Säulen flankieren die beiden mächtigen, metallenen Torflügel, die den Namen der Stadt und den Herrschaftsanspruch des amtierenden Zwergenkönigs von Vuswal auf ihren Außenseiten tragen. Dieses und weitere Tore stehen unter ständiger Bewachung, nicht umsonst nennt man Xaxemm Bergfestung. Längst nicht jeder darf die Stadt unkontrolliert betreten; der König weiß seine Schätze wohl zu beschützen.

Folgt man dem Gang hinter dem Haupttor hinab in Richtung erste Sohle, so wird man feststellen, dass sich auf dem knapp fünfhundert Meter langen Weg bis zur großen Treppe, alle fünfzig Meter weitere Tore anschließen. Ein jedes mit einem, durch schwere Metalltüren gesicherten Wachbüro und ein jedes mit einem parallel zum tiefer gelegenen Pfad verlaufenden Wehrgang. Allein den Eingang der Stadt zu nehmen, würde

Armeen aufreiben, weshalb sich der vermummte Herrscher wahrscheinlich für die zweite Möglichkeit entschieden hat. Doch davon später!

Die große Treppe schließt sich hinter dem letzten Tor der obersten Ebene an. Sie schlängelt sich kreisförmig und ohne Abzweigung bis auf die erste Sohle hinab. Folgt man der großen Treppe, auch liebevoll „die Röhre" genannt weiter, gelangt man auf alle Sohlen Xaxemms, bis sie schließlich am Fuß des Berges, der fünften Sohle, endet. Sie ist sozusagen die Hauptverkehrsader der Festung. Die Sohlen sind zwar noch an vielen weiteren Stellen miteinander verbunden, aber ans Tageslicht gelangt man nur über die Röhre. Ich sollte vielleicht hinzufügen, dass der Name „Treppe" in die Irre führen könnte... aber „langer, sich nach unten neigender Gang auf dem auch Fuhrwerke fahren können" ist uns Zwergen zu unpraktisch. Das Ding hat zwar keine Stufen, aber wir nennen es trotzdem Treppe, basta! Wenn jemandem ein besserer Name einfällt, kann er oder sie an König Senok schreiben, dieser wird dann alles Notwendige einleiten.
Wo war ich stehen geblieben? Ah ja! Die erste Sohle beherbergt die Verwaltung der Stadt, die Kasernen, einige kleinere Waffenlager für den Notfall und die Winterquartiere für die Tiere. Die einst hier verlaufende Erzader war schnell versiegt und während man in größerer Tiefe weiter grub, schlugen unsere Ahnen hier ihr erstes Lager auf. Als das Bergwerk und später die Stadt wuchs, wurde der Platz für seinen heutigen Zweck umgestaltet. Ein Ausbau der ersten Sohle war nicht notwendig, anders hingegen bei den nachfolgenden Sohlen.
Sohle zwei beherbergt die Wohnquartiere, einige Läden und Handwerksbetriebe, einen kleinen Markt, sowie jeweils einen Schrein für Tholmag, dem Schöpfer der Zwerge, als auch für Elvianna, der Herrin der Unterwelt. Beide werden nicht mehr häufig frequentiert, aber einige alte Zwerge hängen noch an ihnen.
Basis der zweiten Sohle bildet eine natürliche Kaverne, die wir

Zwerge beim Vortrieb unserer Stollen einst entdeckten. Hier findet ein Großteil des städtischen Lebens statt. Gewaltige Steinsäulen stützen die in vierzig Metern Höhe hängende Kristalldecke. Der Bau der Säulen gilt als architektonische Meisterleistung, nicht zuletzt wegen ihrer kunstvollen Verzierungen und den zahllosen eingebauten Kristalllampen, die dafür sorgen, dass die Stadt mit dem für die Tageszeit angemessenem Licht versorgt wird. Schmucke kleine Häuschen sind kreisförmig um den Marktplatz mit der Mittelsäule errichtet worden und bieten ein Heim für unsere Familien. Vier, nach den Windrichtungen ausgerichtete Straßen verlaufen vom Marktplatz in die äußeren Bereiche der Stadt und darüber hinaus zu weiteren Treppenschächten, über die die Sohlen eins, drei und vier direkt erreicht werden können.

Auf der dritten Sohle befinden sich die großen Schmieden und Hochöfen, gefolgt von der vierten Sohle, dem Material- und Erzlager. Die fünfte Sohle schließlich ist die aktuelle Sohle. Hier schürfen fleißige Hände nach den Reichtümern Maldorons.

Doch nun genug der Vorrede. Kommandant Tugall beauftragte mich heute Morgen mit einem Bericht über die Ermordung von Borka Senkbeil. Da dieser auch zur Vorlage bei unseren geneigten Verbündeten in Maknova, Miltum und Zifahan gedacht ist und diese Xaxemm nicht hinreichend kennen werden, habe ich die Örtlichkeiten ausführlich beschreiben müssen. Man möge mir meine Weitschweifigkeit verzeihen.

Bezug nehmend auf den vorliegenden Fall muss ich darauf hinweisen, dass viele der Umstände immer noch im Dunkeln liegen, ja einige der Rückschlüsse sogar in den Bereich der Spekulation fallen. Fakt ist jedoch: Xaxemm sollte von innen heraus usurpiert werden, durch Verrat, Niedertracht und Verblendung. Schlimmer noch, es sollten, falls die Übernahme der Stadt nicht möglich wäre, die Säulen der zweiten Sohle zum Einsturz gebracht werden.

Alles begann am 01. Myrlynatog...

†

Hjlgar stieg mühsam die steile Stiege von der dritten Sohle empor. Er hatte einen anstrengenden Tag hinter sich. Wieder einmal hatte es Schwierigkeiten zwischen dem Ofenwart Naravo und der Transportmannschaft gegeben, die an diesem Tag für die Belieferung von Ofen 7 zuständig war. Wie meistens ging es Naravo nicht schnell genug und er fing an zu sticheln. Naravo konnte hervorragend sticheln. Binnen kürzester Zeit brachte er Heilige zur Weißglut. Im Laufe der Nachtschicht hatte sich ein handfester Streit entwickelt, der bereits auf die benachbarten Öfen 6 und 8 übergegriffen hatte und an den Öfen 5 und 9 mit großem Interesse verfolgt wurde.

Hjlgar, der diensthabende Wachoffizier der dritten Sohle, sah sich genötigt mit einer Schar Soldaten einzugreifen und die beiden Gruppen auseinander zu treiben. Viele innige Flüche wechselten den Besitzer und flatterten munter über die dünne Barriere aus Soldaten hinweg, bis endlich Ofenmeister Ijandagrimm, von dem Tumult angelockt, nach dem Rechten sah. Autorität flutete die weite Ofenhalle. Die Wucht von Ijandagrimms Worte, ließ nicht nur die Flammen der Öfen, sondern auch die Herzen der Streithähne erzittern. Zähne knirschend wurden Entschuldigungen gemurmelt und widerwillig Hände zur Versöhnung gereicht. Hastig nahmen die Zwerge die Arbeit wieder auf, allein schon um Ijandagrimms Zorn zu entfliehen.

Binnen Minuten wummerten die Schmelzöfen über stetig wachsenden Feuern und unter den mit Nachdruck betätigten Blasebälgen. Der Geruch von geschmolzenem Metall nahm dem ihm gebührenden Platz in der Halle ein und füllte ihn bis in die letzte Ecke. Fleißige Hände schoben immer neue Loren mit Erz, Kohle und Schlacke durch die Gänge. Das immerwährende Karussell von Xaxemm begann sich wieder zu drehen. Der Metalltango, der Herzschlag Xaxemms setzte

33

wieder ein. Kessel neigten sich. Rotglühendes Metall ergoss sich in endlose Kanäle; Hitze machte sich breit. Schwere Hämmer hoben und senkten sich. Pressen und Walzen nahmen den Takt auf und gaben ihn weiter. Die Normalität hatte wieder Einzug gehalten. Hjlgar war erleichtert.

Alle paar Wochen kam es zu solchen oder ähnlichen Vorkommnissen. Ganz besonders im Winter, wenn die Leute lange Zeit nicht ans Sonnenlicht kamen und die Zeit der Abgeschiedenheit, ja Abgeschnittenheit von der Heimatstadt Vuswal überhand nahm. Wenn es keine neuen Nachrichten aus der Heimat gab und es alle Jährlinge, die nur ein Jahr Dienst in der Stadt unter dem Berg ableisteten, einfach nur noch satt hatten und nach Hause wollten, dann fanden Naravos Sticheleien willigen Nährboden. Naravo und seine Familie gehörten zu den gebürtigen Xaxemmern; knapp einhundert Familien, die ihr ganzes Leben im Quamtarosch verbracht hatten, meist die besten Positionen inne hatten und auf die Jährlinge oder neu Hinzugezogenen herab sahen.

Die Stiege zog sich, aber nach scheinbarer endloser Kletterei hatte Hjlgar die Pforte zur Kaverne auf der zweiten Sohle erreicht. Er hob grüßend die Hand und passierte die Schar Bewaffneter, die den Aufgang sicherten. Einige Worte wechselten hin und her, doch Hjlgar war zu müde, um lange zu verweilen.

Das Zusammenleben zwischen den „Heimischen" und den „Hauptstädtern" war schwierig und das ständige Gerangel zwischen den beiden Fraktionen nervenaufreibend. Nichtsdestotrotz war eine Zusammenarbeit nötig, damit Xaxemm funktionieren konnte. Traurig schüttelte er den Kopf. „Wir machen uns das Leben selber schwer.", sagte er zu sich selbst. Seine müden Füße suchten sich ihren Weg durch die Straßen der Stadt. Er hatte die Außenbezirke bereits weit hinter sich gelassen und befand sich auf dem dritten inneren Ring, vom Markt aus gesehen. Aber was war das? Er stoppte. Drehte sich langsam um die eigene Achse. Sog das Umfeld in sich auf.

Es war dunkel, denn es war tiefe Nacht, die zweite Stunde musste grade begonnen haben. Die Säulen der Kaverne lieferten nur spärliches Licht, gleich dem Mondschein an der Oberfläche, in einer wolkenverhangenen Nacht. Die Lichter in den Häusern waren ebenfalls gelöscht. Die Zwerge waren entweder auf der Schicht oder im Bett, lediglich vereinzelte Wachen würden zu dieser Nachtzeit unterwegs sein und doch brannte in Hausnummer 21X3 noch Licht. Ein Zwerg mit einer schlaflosen Nacht? Hjlgar trat näher. Irgendetwas störte ihn. Das Fenster war hell erleuchtet, nicht nur ein Kamin- oder Herdfeuer. Nein, in diesem Raum brannten mindestens zwei große Lampen. Ihr heller Schein musste den ganzen Haushalt wecken, aber er würde auch jegliche Schatten vertreiben. Hatte dort jemand Angst vor Schatten?

Die Vorhänge waren zugezogen, trotzdem erkannte Hjlgar die hastig auf- und abschreitende Silhouette eines männlichen Zwerges. Bart und Helm waren deutlich zu identifizieren. Nun, eine schlaflose Nacht konnte es demnach nicht sein. Selbst ein noch so zwergischer Zwerg ging nicht mit einem Helm zu Bett.

Was ging dort vor? Der Wachoffizier grübelte. Wer wohnte in 21X3? Wenn ihn seine Erinnerung nicht im Stich ließ, war dies das Haus des Säulenmeisters Abel Senkbeil. Er war ein ältlicher, in sich gekehrter Zwerg, der für die Lichtversorgung und die Reparaturen an den tragenden Säulen der Kaverne zuständig war. Seine Familie hatte Xaxemm mitgegründet, sein Großvater hatte die Säulen errichtet und die ersten Lichter installiert. Eine wichtige Stütze in der zwergischen Gesellschaft.

Wahrscheinlich grübelte Abel über irgendein Problem an den Säulen oder wartete auf die Meldung eines der Reparaturteams, die ständig auf den Säulen herum kletterten. Hjlgars Füße schrien nach Erholung, sein Magen nach einer ordentlichen

Mahlzeit; der Rest von ihm wollte einfach nur ins Bett. Er zögerte eine Sekunde, dann seufzte er tief und schritt auf die Haustür zu. Während er vor der Tür ein letztes Mal verharrte, hörte er die Schritte von schweren Stiefeln auf Steinfliesen. Irgendetwas hatte Abel Senkbeil massiv in Unruhe versetzt und Hjlgar wollte herausfinden was es war. Er hob die Hand an den Türklopfer und betätigte ihn zweimal in rascher Folge. Die Schritte verharrten sofort. Eine Pause trat ein. Die Stiefel setzten sich wieder in Bewegung. Zögernd. Fast widerstrebend näherten sie sich der Tür. Nein, Abel wartete nicht auf eine Meldung, sonst wäre er bereits an die Tür geeilt.

Die Tür öffnete sich einen Spalt breit. Ein nervös zuckendes Auge und die Krempe eines Helms wurden sichtbar. „Wer klopft so spät?", rief eine sich überschlagende Stimme in die Nacht hinaus.
„Ich bin es, Hjlgar von der Wache. Mach die Tür auf Abel.", beantwortete der Zwerg vor der Tür den Ruf.
„Hjlgar?!" Abel schnappte nach Luft. „Was machst du denn hier, mitten in der Nacht? Ist etwas passiert?"
„Abel, mach die Tür auf!" Hjlgars Stimme klang ruhig und bestimmt. Innerlich war er gespannt wie ein Bogen. Die Spürnase des Wachmanns schlug Alarm. Es ging etwas vor im Hause Senkbeil, von dem Abel wollte, dass die Wache nichts davon erfuhr.
Die Tür hatte sich um keinen Millimeter bewegt. „ABEL, mach die Tür auf."
„Hjlgar, bitte, es ist schon spät…"
„Abel, das ist meine letzte Warnung. Ich schlage die Glocke, dann ist hier innerhalb von fünf Minuten der Teufel los. Die Wache, sämtliche Nachbarn… Willst du das?"

Abel seufzte und sagte kleinlaut: „Nein, natürlich will ich das nicht!" Das Auge verschwand. Die Tür öffnete sich. Hjlgar trat ein, vorsichtig, auf einen möglichen Angriff vorbereitet. Aber Abel dachte nicht an einen Angriff, er drehte sich wortlos um und schlurfte geschlagen zum Tisch in der Mitte des Raumes.

Er zog einen Stuhl heran, setzte sich und stützte resigniert den Kopf auf die Hände. In Hjlgar wuchs ein sehr mulmiges Gefühl heran. Sicher, er kannte Abel nicht gut, aber so hatte er ihn noch nie erlebt.

Er sah sich um. Die Häuser in Xaxemm waren klein, boten aber Platz für das Nötigste. Er befand sich in der Wohnküche des Hauses. Unter einer hölzernen Klappe führte eine Leiter in den Vorratskeller; an der rechten Wand eine schmale Stiege ins Obergeschoß mit zwei Schlafzimmern und einer Waschnische. Standartausstattung. Hjlgar schloss die Haustür. Das leise Schnappen des Schlosses musste Abel aus seiner Lethargie gerissen haben. Er hob den Kopf und nickte in Richtung Treppe. „Sie sind oben.", sagte er leise und traurig.
„Wer?", erkundigte sich der Wachoffizier, doch Abel antwortete nicht. Hjlgar bedachte ihn mit einem prüfenden Blick, wandte sich der Stiege zu und stieg hinauf. Der Raum hinter der ersten Tür war leer. Es schien das Schlafzimmer des Ehepaars zu sein, denn ein Ehebett nahm den Großteil des Platzes ein. Einziges weiteres Möbelstück war eine kleine Kommode, verziert mit dem Porträtbild eines jugendlichen Zwergs. Doch das war jetzt unwichtig. Hjlgar strebte der zweiten Tür entgegen. Noch bevor er nach der Klinke greifen konnte, vernahm er hemmungsloses Schluchzen. Er riss die Tür auf.

Zwei Personen lagen auf dem Boden. Ein recht junger männlicher Zwerg in einer Blutlache, vermutlich tot. Auf seiner Brust eine herzzerreißend schluchzende Zwergenfrau mittleren Alters. Frau Senkbeil, wie Hjlgar vermutete. Er sprach die Zwergin an, keine Reaktion. Hjlgar trat einen Schritt vor, kniete neben ihr nieder und berührte Frau Senkbeil sachte an der Schulter. Sie fuhr herum. Angsterfüllte Augen starrten ihn an. Ihr Blick flackerte, senkte sich erneut auf den jungen Zwerg und auf das Messer, das nun gut sichtbar aus seiner Brust ragte. Hjlgar schluckte. „Wer ist das Frau Senkbeil? Was ist hier passiert?"

Die Frau atmete tief ein. Tränen rannen ununterbrochen über ihre Wangen. Sie rang mit den Worten. „Das?", sagte sie. „Das war mein Sohn. Mein Sohn Borka." Erschöpft sackte sie wieder über der Brust des Jungen zusammen. Aus ihr war nichts mehr herauszubekommen.

Hjlgar sah sich im Zimmer um. Das Zimmer wirkte wie ein Kinderzimmer. Ein Bett, eine Kommode, eine Truhe mit Spielsachen, in der Ecke ein eingestaubter Roller. Ein Läufer bedeckte den Steinboden, darauf der tote Borka. Hjlgar schätzte ihn auf dreißig oder fünfunddreißig Jahre. Zu alt für Spielsachen und Roller. An den Wänden Konzertplakate der Rocking Diamonds, einer Zwergenband aus Miltum, die vor knapp fünfzehn Jahren im Triumphzug durch Synkana gezogen war. Scharen von Teenagern und Twens waren zu ihren Auftritten gekommen, auch hier in Xaxemm. Sie wurden gefeiert, sie wurden bejubelt, sie waren in aller Munde.

Hjlgar dämmerte etwas. Ein Gerücht aus ferner Vergangenheit. Man hatte damals gemunkelt, dass der Junge der Senkbeils davon gelaufen war; der Band hinterher, wie man spekulierte. Er durchforstete sein Gedächtnis. Die Senkbeils hatten dagegengehalten, dass der Junge zur Ausbildung fort geschickt worden sei, aber es hatte niemand geglaubt. Die Eltern hatten getrauert und nicht den Stolz zur Schau getragen einen so jungen Zwerg bereits in einer guten Ausbildung zu wissen. Und dieses Zimmer hier war ein Schrein. Seit Jahren nicht verändert, wahrscheinlich seit dem Tag an dem sich der Junge davon gemacht hatte. Doch warum war er plötzlich wieder hier? Nach fast fünfzehn Jahren?

Hjlgar zog Frau Senkbeil sachte von ihrem Sohn fort und brachte sie ins Elternschlafzimmer. Er schob sie vorsichtig auf das Bett, deckte sie zu und wartete, bis sie vor Erschöpfung eingeschlafen war. Dann verschloss er die Tür zum Kinderzimmer und steckte den Schlüssel ein. Zurück in der Wohnküche zog er einen Stuhl zu sich heran und setzte sich

Abel gegenüber.

„Borka ist tot, Abel.", warf er in den Raum hinein.

Das gräuliche Gesicht des Zwerges nickte ernst. „Ich weiß, ich habe ihn schließlich getötet."

Hjlgars Augenbrauen hoben sich dem Rand seines Helms entgegen. „So? Hast du das? Und warum hast du dein eigen Fleisch und Blut getötet, nachdem ihr fast fünfzehn Jahre auf seine Rückkehr gewartet habt?"

„Das verstehst du nicht!"

„Dann erkläre es mir." Hjlgar erhob sich. Er nahm ein Glas aus dem Regal und griff nach dem Krug auf dem Tisch. Er roch daran. Wasser! Er füllte sein Glas und nahm einen tiefen Schluck. Der Zwerg nahm wieder Platz. „Ich bleibe hier sitzen, bis du alles erzählt hast, Abel. Und wenn es zwei Tage dauert!"

Die Minuten vergingen. Hjlgar zog seine Stiefel aus und massierte seine gequälten Füße. Abel starrte ihn teilnahmslos an. Hjlgar lächelte zurück.

„Wo ist Ornit?", fragte Abel und Sorge lag in seiner Stimme.

„Oben, sie schläft. Den Schlüssel zu Borkas Zimmer habe ich in der Tasche." Der Wachoffizier klopfte zur Bestätigung auf seine Brusttasche.

Abel nickte und starrte weiter.

Die vierte Stunde nahte. Hjlgars Magen knurrte hingebungsvoll. Abel sah ihn an, erhob sich und trat an den Herd. Hjlgars Augen folgten ihm. Als Abel nach den Messern griff, glitt die Hand des Offiziers unbemerkt an den Griff seines Kurzschwerts. Der Säulenmeister schnitt einige Scheiben von einer Speckseite. Es folgten zwei Scheiben Brot. Anschließend schlug er einige Eier in die Pfanne und ließ sie zusammen mit dem Speck braten. Als Abel Eier und Speck auf den Teller mit dem Brot gleiten ließ, musste sich Hjlgar zusammenreißen, um ihm den Teller nicht aus der Hand zu reißen. Sein Magen randalierte. Abel schob ihm den Teller rüber und nickte ihm auffordernd zu. „Iss, bevor du noch umfällst. Wir Senkbeils waren immer eine gastfreundliche

Familie, dass soll sich heute nicht ändern."

Hjlgar dankte dem Zwerg und langte zu. Abel setzte sich wieder an den Tisch und sah seinem Gast zu, wie er den Teller in atemberaubender Geschwindigkeit leerte.

Hjlgar lehnte sich gesättigt zurück. „Ich danke dir, Abel. Das war wirklich nötig. Nun lass mich dir helfen. Erzähl mir, was hier passiert ist und wir sehen was wir tun können."
Abel sah ihn eindringlich an, öffnete den Mund und begann, zunächst stockend, mit seiner Geschichte. Kurze Zeit später purzelten die Worte nur so aus ihm heraus, dass Hjlgar Mühe hatte mitzukommen.

†

Kurz vor dem ersten Schneefall des vorangegangenen Jahres war ein junger Zwerg am Tor vorstellig geworden. Die Wache kannte ihn nicht und wollte ihn nicht passieren lassen. Da er sich als Borka Senkbeil vorstellte und nach seinem Vater Abel fragte, ließ man den Säulenmeister zum Tor kommen. Abel verbürgte sich für seinen Sohn, denn er hatte ihn sofort als diesen erkannt, und nahm ihn mit nach Hause. Die Freude der Eltern war groß, sie schlossen den verlorenen Sohn in die Arme und nahmen ihn vorbehaltlos auf.

Natürlich erkundigten sie sich nach seinem Verbleib in den letzten Jahren, doch Borka blieb mit seinen Angaben vage. Ja, er war den Rocking Diamonds nach Benim gefolgt. Ja, er hatte einige Monate als Roadie für die Diamonds gearbeitet und war mit ihnen auf Tour gewesen, doch das Showbusiness war nichts für ihn. Man trennte sich bald und Borka tingelte alleine durch Synkana. Er begleitete Karawanen, arbeitete als Holzfäller in Tala, segelte auf Handelsschiffen mit, kurz er schlug sich so durchs Leben. Mit den Jahren ließ das Fernweh nach und das Heimweh nahm zu. Er wollte seine Familie wiedersehen, sesshaft werden. So seine Geschichte. Die Eltern glaubten ihm.

Borka wünschte sich mit seinem Vater an den Säulen zu arbeiten, aber er verfügte weder über die entsprechende Ausbildung, noch war ein Platz für ihn frei. Der junge Zwerg musste sich mit einem Job als Lorenschieber auf der dritten Sohle begnügen. Er war damit sehr unzufrieden und ließ es sein Umfeld spüren. Bald scharten sich weitere Unzufriedene und Unruhestifter um ihn. Er wurde Wortführer der kleinen Gruppe und Naravo wurde sein bester Freund. Sie wollten Veränderungen herbeiführen. Sie versprachen, dass das Leben der „Heimischen" besser werden sollte. Die Jährlinge sollten verschwinden und nach Vuswal zurückkehren. Überhaupt, warum sollte Xaxemm Untertan von Vuswal sein. Ohne die Erze, die Kohle und das Metall Xaxemms war Vuswal ein Nichts und der König ein Bettler ohne Schwert und Schild, sagten sie. Dies und anderes verbreitete Borka unter den Zwergen und fand viele, die diese Reden nur zu gerne hörten. Die Senkbeils schämten sich der Reden ihres Sohnes, aber er ließ sich nicht davon abbringen. Immerhin, dachten die Senkbeils, waren es nur Reden und keine Taten. Auch wenn es den Eltern widerstrebte, diesen Hetzreden zu lauschen, brachten sie es doch nicht übers Herz ihren Sohn Kommandant Tugall oder Hofmeister Waal zu melden und ihn ein zweites Mal zu verlieren.

Die Monate gingen ins Land, der Schnee verschwand und die Anhängerschaft Borkas wuchs weiter. Der Frühling setzte ein und erste Händler von auswärts kamen über den Pass von Partem, um am Tor von Xaxemm vorstellig zu werden. Gahyr, ein zwielichtiger Händler aus Maknova, ersuchte eines Tages um Einlass. Er war den Wachen seit Jahren bekannt und durfte unter der Auflage passieren, sich ausschließlich auf der ersten Sohle aufzuhalten. Er sprach beim Erzhändler in der Verwaltung vor und machte einen lachhaften Preis für eine beachtliche Menge Erz. Der Beamte schickte Gahyr empört fort, verärgert über diese unnötige Zeitverschwendung. Abel, der in einem benachbarten Büro zu einer Besprechung geladen war, verließ durch Zufall das Gebäude kurz nach dem Händler und wurde so Zeuge des nun Folgenden.

Der Händler, nicht im Geringsten enttäuscht über den negativen Verhandlungsverlauf, hielt zielsicher auf die Winterpferche der ersten Ebene zu. Zu Abels Überraschung wartete Borka dort bereits auf ihn. Die beiden waren einander sichtlich bekannt und Borkas ungewohnt unterwürfiges Verhalten, ließ Abel unwillkürlich inne halten. Er hielt nichts davon seinem Sohn nachzuspionieren, aber dieses Verhalten war so verdächtig, dass er mehr erfahren musste. Er umrundete den Pferch, vor dem die ungleichen Männer in ihr Gespräch vertieft waren, öffnete das Gatter und näherte sich den beiden von innen, immer den Futterstand zwischen sich und seinem Sohn. Nun, nur durch eine Bretterwand getrennt, konnte er dem Gespräch folgen, ohne selbst entdeckt zu werden.

„Das klingt ja alles ganz nett, was du da von deinen Gefolgsleuten berichtest, Borka. Aber der vermummte Herrscher erwartet mehr von dir. Viel mehr. Zu dieser Jahreszeit sollten hier schon Unruhen und Kämpfe wüten. Es sollten hier nicht nur ein paar Unzufriedene beim wöchentlichen Treffen das große Wort führen und anschließend entspannt zu Frau und Kind zurückkehren. Der Herrscher verlässt sich auf dich. Wenn du es nicht schaffst, dass bis Sommer die Königstreuen aus Xaxemm vertrieben sind und unsere Leute im Norden hier einrücken können, dann wirst du Plan B ausführen.", sagte der Händler mit befehlsgewohnter Stimme. Jegliches, schmierige Händlerverhalten war von ihm abgefallen. Seine Gesichtszüge waren hart und seine Augen funkelten böse.

„Aber Gahyr…", begann Borka.

„Aber Gahyr, aber Gahyr!", äffte der Mensch den Zwerg mit piepsender Kleinmädchenstimme nach. „Verdammt Junge, du bist Soldat des Herrschers und hier nicht auf Ferienfreizeit. Ich habe dich damals angeworben, als du als halb verhungerter Haufen Dreck unter den Brücken von Angosch an den großen

Seen gehaust hast. Ich habe dich aufgepäppelt, gekleidet und zum Herrscher nach Thyrrus geschickt. Deine Ausbildung und deinen Rang in der Armee hast du allein mir und meinem Wort zu verdanken, das ich für dich eingelegt habe. Bei der Schlacht um Somfren warst du nur einfacher Soldat und würdest immer noch in der Stadt als Wachmann verschimmeln, wenn ich dich nicht für diesen Auftrag vorgeschlagen hätte. Also tu was man dir befohlen hat oder du fällst einem tragischen Unfall zum Opfer." Gahyrs Worte wurden zu einem bösartigen Zischen. „Glaube bloß nicht, du seiest der einzige Mann des Herrschers in Xaxemm."

„Und warum kümmern sich dann die anderen nicht um den Aufstand?", fragte Borka bockig, aber vor Angst zitternd.

Gahyr verpasste ihm eine schallende Ohrfeige, die den Zwerg schwanken ließ. Sofort packte ihn der Händler am Schlafittchen und zog ihn dicht an seine große, knubbelige Nase heran. „Weil es DEIN Auftrag ist, Soldat. Sei froh, dass ich so gutherzig bin, sonst würde ich dich für diese Frechheit hier auf der Stelle niederstrecken." Seine Stimme wurde noch leiser. „Bis zum 15. Phanistog ist Xaxemm in unserer Hand oder du sprengst die Säulen der zweiten Sohle. Haben wir uns verstanden?"

Der Zwerg nickte, mit vor Entsetzen handtellergroßen Augen. Gahyr setzte ihn wieder auf dem Boden ab. Der Händler nahm wieder seine Rolle auf und seine Stimme hatte bereits wieder einen geschäftigen Klang, als er als Letztes hinzufügte: „Palle wartet in den Wäldern auf Nachricht von dir. Du findest ihn auf dem Gipfel des Quamduran. Schicke ihn mit einer Nachricht in den Norden, wenn deine Aufgabe erledigt ist. Wir werden dann Verstärkung schicken." Mit diesen Worten ließ er Borka stehen, der erschöpft an der Wand des Futterstands herab sank.

Auf der anderen Seite der Wand sank Abel ebenfalls zu Boden. Sein Junge, ein Verräter am König? Das konnte, das DURFTE nicht wahr sein. Er brauchte eine geschlagene Stunde bis er fähig war den Weg nach Hause anzutreten. Borka war da schon lange fort. Zu Hause berichtete Abel alles was er hatte erfahren können seiner Frau Ornit. Sie war zu entsetzt, um zu weinen. Wo war ihr Junge nur hinein geraten? Was hatten sie nur falsch gemacht?

Sie schliefen eine Nacht darüber, wobei von Schlaf nicht wirklich die Rede war. Jeder lag still auf seiner Seite des Bettes und grübelte über die Neuigkeiten nach. Am nächsten Morgen nahm sich Abel frei. Die beiden alten Senkbeils saßen stundenlang zusammen und berieten was nun zu tun sei.

„Wir könnten ihn in seinem Zimmer einsperren.", sagte Ornit wenig überzeugt.

Abel schüttelte den Kopf. „Er ist erwachsen und keine 14 mehr. Er würde die Tür mit Leichtigkeit aufbekommen."

„Wir könnten fortziehen und anderenorts neu anfangen.", schlug die Zwergin vor.

„Das habe ich auch schon überlegt. Das Problem ist, er wird uns nicht freiwillig folgen und selbst wenn, Gahyr hat von weiteren Verrätern gesprochen, die den Plan dann vielleicht doch noch umsetzen und Xaxemm zerstören. Zu guter Letzt gibt es noch den Wachposten auf dem Quamduran. Dieser würde uns sicher folgen. Wir wären nirgendwo sicher."

Ihre Verzweiflung wuchs.

„Es bleibt uns nur eine einzige Möglichkeit, wir müssen ihn Tugall melden und die Schande ertragen. Wir können nicht zulassen, dass hier ein Krieg ausbricht oder ganz Xaxemm in Trümmern sinkt. Es gäbe in beiden Fällen aberhunderte von Toten. Das möchte ich nicht auf meiner Seele lasten haben.", sagte Abel bedrückt.

Ornit nickte andeutungsweise. „Aber lass uns vorher mit ihm sprechen."

„Warum?"

„Dieser windige Händler hat doch behauptet, dass der Plan nicht soweit fortgeschritten ist, wie er sein sollte. Vielleicht geschah das mit Absicht. Vielleicht zweifelt Borka, sieht aber keinen anderen Ausweg als weiter zu machen."

Abel nahm Ornit in den Arm und küsste sie auf die Stirn. „Ich liebe dich dafür, dass du an das Gute in ihm glaubst und immer noch Hoffnung in dir trägst. Ich wünschte mir du würdest Recht behalten. Allerdings fürchte ich dass du eine herbe Enttäuschung erleben wirst."

Am Abend des 02. Myrlynatog saßen die Senkbeils erneut in der Küche zusammen und warteten auf ihren Sohn, als Borka das Haus betrat. Sie berichteten ihm davon, was sie erfahren hatten und Borka geriet in Wut. Er machte seinem Vater Vorhaltungen ihn belauscht zu haben und sagte einige hässliche Sachen zu ihm. Abel platzte der Kragen. „Wenn dein Plan aufgeht, dann werden wir hier alle sterben und deine einzige Sorge ist, dass ich dich belauscht habe?"
„Ihr kennt die Macht des vermummten Herrschers nicht.", entgegnete Borka hasserfüllt. „Er hat Somfren eingenommen, er bedrängt bereits Tuziwe und auch an anderen Stellen Synkanas laufen Aktionen, die noch dieses Jahr Früchte tragen werden. Niemand ist mehr sicher. Bevor das Jahr abgelaufen ist wird Synkana dem Herrscher gehören und die, die ihm treu gedient haben, werden reich entlohnt. Ich werde mich nicht von euch aufhalten lassen." Borka stieß den Stuhl zurück auf dem er saß und wandte sich der Stiege zu.
„Halt, Sohn! Noch bin ich das Oberhaupt dieser Familie. Wir werden zu Tugall gehen und ihm berichten."
Borka lachte hämisch. „Das wagt ihr nicht." Er stieg die Treppe hinauf und ging auf sein Zimmer. Abel folgte ihm und sah wie sich sein Sohn an der alten Spieltruhe zu schaffen machte. Mehrere Stangen Explosit und ein Zünder lagen bereits neben ihm auf dem Boden.
„Was tust du da?", fragte Abel panisch.
„Ich sagte doch, ihr werdet mich nicht aufhalten. Ich werde den Plan vorverlegen und die Säulen sprengen." Borka erhob sich, ein langes Messer in seiner rechten Hand. Blinder Hass blitzte in seinen Augen. „Ihr werdet mich nicht um meinen verdienten Lohn bringen."

Ohne Warnung stürzte er sich auf den nicht ganz so überraschten Abel. Dieser trat einen Schritt zur Seite und

Borka lief, das Messer voran, ins Leere. Abel packte ihn von hinten. Ein Gerangel begann. Als es endete erhob sich nur einer von ihnen. Borka blieb, mit der eigenen Klinge in der Brust, auf dem Boden zurück.

†

So lautet die Geschichte, die Abel Senkbeil mir in der Nacht vom 02. auf den 03.Myrlynatog berichtete. Wir haben kaum Fakten, aber die Indizien bestätigen seine Version. Borka ist tot und steht zur weiteren Befragung nicht zur Verfügung. Der Händler Gahyr hat Xaxemm direkt nach dem Treffen mit Borka verlassen. Wir haben das Explosit und den Zünder sichergestellt, die Abel in einer Wassertonne unschädlich gemacht hat. Beides ist nicht zwergischer Herkunft und könnte durchaus auf Thyrrus hergestellt worden sein. Die Palle genannte Person auf dem Quamduran wurde aufgespürt und umzingelt. Leider zog er es vor sich in die Tiefe zu stürzen, als er keine Möglichkeit zur Flucht mehr sah. Er scheidet also ebenfalls als Informationsquelle aus.

Die Senkbeils stehen unter Hausarrest, bis die Fragen soweit wie möglich geklärt sind. Kommandant Tugall und Hofmeister Waal haben aber bereits kundgetan, dass ihnen keine Anklage droht. Abel hat in Notwehr und zum Wohle Xaxemms gehandelt. Die beiden haben genug darunter zu leiden dass sie ihren Sohn verloren haben, man muss ihr Leid nicht noch vergrößern.

Ich beschließe meinen Bericht mit der dringenden Mahnung an den geneigten Leser: Steht zusammen, achtet aufeinander! Der vermummte Herrscher und seine Lakaien sind überall.

Hochachtungsvoll,
Hjlgar Axtschärfer
Wachoffizier der 3. Sohle
Xaxemm

-Stellenanzeigen-

Die Karawanserei Zifahan sucht für den Ausbau ihrer
Transportkette erfahrene Kontoristen für die vakanten Posten
des Kontorleiters an den Standorten

SOMFREN & VUSWAL

Erforderliche Kenntnisse in:

- In- & Export
- Lagerwesen
- Personalanwerbung
- Personalführung

Bewerbungen an: Frau Anorla, Gästehaus 19, Graf-Detjok-
Straße, Vuswal

Der
Tholmag Tempel
zu Vuswal

sucht nach dem tragischen Tode
Hephimatos einen geeigneten
Jungbock für die Position des

Opfertieres

Großzügiger Stall und drei Mahlzeiten täglich werden
garantiert! Mitspracherecht bei der Auswahl der neuen Herde!

Gesucht wird ein ruhiges, genügsames Tier, das während der
musikalisch begleiteten Nichtopferung die Ruhe behält. Der
Bock sollte kinderfreundlich sein und beim zeremoniellen
Sicheltanz nicht in Panik geraten. Geeignete Kandidaten
melden sich bitte in Begleitung ihrer Pfleger am kommenden
Donnerstag bei Priester Halon, an den Tempelstufen, Vuswal.

Umfangreiche Einstellungstests!

Neuaufbau der Somfrener Stadtwache

gesucht werden sportbegeisterte junge Männer und Frauen, die es als ihre Pflicht ansehen dem Gesetz und der Stadt zu dienen.

Gesucht wird spezienübergreifend! Gerne nehmen wir auch Bewerbungen von Mitgliedern befreundeter Ork-Clans und Zwergenstämmen entgegen. Die im Aufbau befindlichen Kasernen stehen kurz vor der Fertigstellung und bieten Platz für bis zu einhundert Anwärter, verteilt auf die Ränge.

Bitte geben Sie in Ihren Unterlagen an, wie weit Ihre Kenntnisse in Schwertkunst, Umgang mit Bauernspieß und Hellebarde, wie auch im waffenlosen Kampf reichen. Fügen Sie dem Ganzen ein Führungszeugnis Ihres Clanchefs / Minenvorstehers / Häuptlings / Dorf- oder Stadtvorstehers bei. Die praktischen Tauglichkeitsprüfungen beginnen am 01. Farilltog im Jahr des Tuna.

- Vorbereitende Kurse in „wortloses Niederstarren" und „wissender Blick" starten bereits im Harithotog. Voranmeldung nötig!

- Abendkurse in „Gesetzeskunde", „ordnungsgemäßes Paradieren" und „Strammstehen" werden parallel zu der praktischen Ausbildung angeboten.

Bewerbungen senden Sie bitte an: Hauptfrau Aibara, Am Haupttor 1, Somfren

49

Stellenanzeige

✦ Du interessierst dich für Mechanik?
✦ Du tüftelst für dein Leben gern?
✦ Apparaturen und Mechanismen sind deine besten Freunde?
✦ Du bist stolz auf deine Schraubensammlung?

Dann suchen wir genau DICH!

„Apparaturen für alle Gelegenheiten"
sucht zum nächstmöglichen Termin:

- 1 Kunstschmied/in
- 1 Feinmechaniker/in
- 1 Techn. Zeichner/in
Vollzeit, unbefristete Stellung

- 2 Laufburschen/inen
Teilzeit 20 Std./Woche

Spezies: egal

Deine Bewerbung sende bitte an: Apparaturen für alle Gelegenheiten, z.Hd. Aimi / KTjamin / Damin
Rosenpfad 10, Vuswal

ACHTUNG: Wir weisen mögliche Bewerber darauf hin, dass es sich bei einem unserer Geschäftsführer, vier von unseren Mitarbeitern und zwei Auszubildenden um TROLLE handelt. Dies ist KEINE INVASION! Bitte verfalle NICHT in Panik! Atme tief durch! Auf Höflichkeit wird man dir mit Höflichkeit antworten.

✝

Benim, 21. Silmastog

Sehr geehrte Leserinnen,
sehr geehrte Leser,

mein Name ist Tolpin Spott-Drossel und als geneigter Leser der *MAKNOVA GAZETTE* kennen Sie mich durch zahlreiche Berichterstattungen aus Benim und Umgebung. Gemeinsam mit ihnen erlebte ich die Belagerung und Befreiung Benims, die in der berühmten Zerschlagung der thyrriannischen Flotte gipfelte. Sie werden sich an die beeindruckenden Kupferstiche erinnern, die wir aus der umkämpften Stadt herausschmuggeln konnten. Auch die emotional höchst dramatische Rückkehr des Trecks, welche tagelange Festivitäten nach sich zog, wird uns für immer in Erinnerung bleiben.

Heute jedoch möchte ich ihnen von einem Wunder aus der Geschichte berichten, einem Kleinod sondergleichen. Auf der Suche nach einem geeigneten Beitrag für diese wunderbare Sonderausgabe, verwies man mich auf Koval, den Bibliothekar der Benimer Schriftensammlung mit Schwerpunkt Völker und Arten Maldorons. Selbst ein begeisterter Leser der *MAKNOVA GAZETTE* ließ er sich sofort für unser Projekt einnehmen.

Nach einigen aufreibenden Tagen der Recherche, trat er mit einem Dokument an mich heran, das mir sofort jeglichen Atem nahm. Lassen sie sich verzaubern von einer naiven Schrift vom Anbeginn der Zeit!

Hochachtungsvoll
TSD

✝

Sie

Sie erwachte.

Alles war dunkel.

Sie atmete tief ein. Wie seltsam! Ein ganz neues Gefühl.

Sie genoss das SEIN und fragte sich zum Zeitvertreib, woher sie wusste, dass sie eine „sie" war. Sie dachte angestrengt nach. Ein „er" zu sein erschien ihr zu befremdlich. Aber eine „sie", ja, das hatte etwas Vertrautes, Einladendes. Was war denn überhaupt ein „er"? Definitiv etwas anderes als eine „sie", das sagte ja bereits der Name. Aber konnte sie da sicher sein? Gab es da Unterschiede? Sie zuckte reflexartig mit den Schultern. Sie hatte Schultern? Erstaunlich! Was machte man mit Schultern? Sie zuckte erneut mit ihnen. Okay, sie schien es beliebig wiederholen zu können. Egal wofür es gut war, es war toll!

Beim dritten Zucken bemerkte sie, dass sich unterhalb ihrer Schultern etwas befand. Etwas, was hart genug war, um den Schultern Widerstand entgegen zu bringen, aber gleichzeitig weich genug, dass es sie nicht schmerzte. Hart? Weich? Diese Begriffe entstanden einfach so in ihrem Kopf. Ratlos schüttelte sie denselben. Was war das? Es saß über den Schultern, definitiv. Sie würde es so gerne einmal anfassen. Sie hob die Hände und fasste sich an den Kopf. Sie fühlte eine ovale Kugel mit einem Höcker in der Mitte und darunter zwei schmale Wülste. Rechts und Links unter einem Schwall langer Fäden standen zwei Lappen ab. Konnten es Flügel sein? Nein! Viel zu klein. Dann fiel es ihr ein. Es waren Ohren. Sie zog die Stirn kraus. So viel Neues. Wie sollte sie mit all diesen Dingen klar kommen?

Ihre Hände kamen ihr in den Sinn. Sie wackelte mit den Fingern. Sie ballte sie zu einer Faust und öffnete sie wieder. Also die waren wirklich mal praktisch. Sie erfühlte ein Ding namens „Hals" und bemerkte, dass dieser auf etwas steckte, dass sich wohl „Körper" nannte. Viel weiter kam sie nicht. Etwas bremste sie und zog gleichzeitig an ihren Schultern. Sie hielt inne. Dachte nach. Ihre Arme (?) waren zu kurz. Wie blöd! Wie sollte sie je erfahren, wie sich der Rest von ihr anfühlte? Sie müsste irgendwie näher heran kommen. Aber wie? Sie beschloss sich zu falten und setzte sich überrascht auf. Irgendwo an ihrem Körper mussten sich bisher unentdeckte Scharniere befinden. Welche Überraschungen sie wohl noch erwarteten?

Ihre Hände begaben sich erneut auf Erkundungstour. Sie stellte fest, dass sich ihr Körper gabelte und zwei lange Stangen ausbildete. Sie streckte sich weiter und stellte fest, dass jede dieser Stangen in einer neunzig Grad abgewinkelten Querstange auslief. An deren Spitze saßen fünf verschieden große Knubbel. Zehen! Ja, „Zehen" klang richtig. Es kitzelte, als ihre Hände darüber strichen. Auch mit ihnen konnte sie wackeln. Wie lustig. Eine Strähne dieser seltsamen Kopffäden fiel ihr ins Gesicht. Lästig! Sie strich sie fort und richtete sich wieder auf. Nun gut. Sie würde noch herausfinden müssen, wofür alle ihre Bestandteile gut waren. Aber zumindest schien sie alles Wichtige gefunden zu haben.

Wo war sie eigentlich? Vorsichtig ertasteten ihre Finger den Widerstand unter ihr. Es war bequem. Allerdings hatte dieses Ding Grenzen. Es war ungefähr doppelt so breit wie sie selbst, die Länge entsprach in etwa der ihren. Links neben dem Widerstand erhob sich ein schier endloser Wall, der sich kühl anfühlte und ein regelmäßiges Muster aufwies. Rechtecke! Nun, hier kam sie nicht weiter. Auf ihrer rechten Seite befand sich....nichts. Ein Abgrund? Dieses Wort gefiel ihr nicht. Davon wurde ihr schwummerig. Nichts desto trotz musste sie wissen wie es weiter ging. Sie war neugierig. Sie schob das flaue Gefühl zur Seite und drehte sich.

Ihre beiden langen Stangen... (sie musste sich dringend einen Namen dafür ausdenken... „Beine" klang gut! Also, ihre BEINE lagen halb auf der Unterlage, halb hingen sie über dem Abgrund. Es ermüdete sie, die Beine so zu halten. Wasser bildete sich auf ihrer Stirn. Wie anstrengend. Aber sie wollte ihre Beine auch nicht einfach in die Tiefe fallen lassen. Sie krallte sich an der Unterlage fest, aber sie konnte sie einfach nicht länger halten. Die Querstangen, sie nannte sie der Einfachheit halber „Füße", neigten sich bereits. Sie wehrte sich mit aller Kraft. Mit einem erschöpften Seufzer gab sie nach. Die Füße fielen! Und sie zogen die Beine mit sich! Sie würde fallen!

Ihr entfuhr ein spitzer Laut. Überrascht über sich selbst, schlug sie sich die Hand vor den Mund. Da kamen Geräusche raus? Wo sollte das nur enden...?

Sie richtete ihre Aufmerksamkeit wieder auf ihre Beine. Fühlte. Tastete. Sie quiekte erneut. Waren sie kaputt? Vorsichtig bewegte sie sie. Nein! Ihre Beine hatten ebenfalls Scharniere. Die unteren Teile hingen senkrecht nach unten, während die oberen Teile noch in der Waagerechten ruhten. Sie schnaufte erleichtert und merkte erst in diesem Moment, dass sie die Luft angehalten hatte.

Es wäre alles viel einfacher, wenn es nicht so dunkel wäre. Sie schmollte ein wenig. Dann kam ihr ein Gedanke. Sie öffnete die Augen!

Diese Erfahrung war erhellend! Nicht nur in einem Sinne. Sie betrachtete ihre Hände, ihre Arme. Schaute an ihnen vorbei auf ihre Beine. Wackelte mit den Zehen. Ja, mit Bild war alles noch viel besser.

Sie erkannte nun, dass sie auf einer Pritsche saß. Hinter ihr ragten Ziegelsteine auf, ebenso rechts und links neben ihr, wie auch geradeaus. All diese Steinreihen bildeten einen … Raum (?). Okay, das war also ein Raum. Sie sah nach unten. Direkt unter ihren frei schwingenden Zehen befand sich ein buntes Etwas, welches aus vielen miteinander verknoteten Fäden zu bestehen schien. Es sah flauschig aus. Sie streckte sich und berührte es vorsichtig mit den Zehen. Es war angenehm. Sie setzte erst den einen Fuß auf, dann den anderen. Ja, sie würde auf ihnen stehen können. Nichts desto trotz setzte sie sich wieder.

So viele verschiedene Eindrücke. Sie fühlte sich erschlagen. Trotzdem konnte sie ihre Augen nicht daran hindern, sich immer weiter umzusehen und die neuen Bilder aufzunehmen. Das war alles so aufregend.

Sie beschloss die Steinreihen „Wände" zu nennen und die verknoteten Fäden „Boden". Die Wände wiesen komischerweise Löcher auf. Zwei Vierecke, je eines zu ihrer Linken und geradeaus, waren mit gewobenen Fäden verhangen. Ein größeres, rechteckiges Loch, ebenfalls geradeaus, war mit einem Stück braunen Materials verschlossen. Was war denn das nun wieder für ein Unsinn…? Löcher in Wände zu machen, nur um sie wieder zu verschließen? Nun, vielleicht ein Versehen? Sie zuckte mit den Schultern und fand Gefallen daran. Ihr Gesicht verzog sich. Ihre Mundwinkel rutschten nach oben. Sie konnte nichts dagegen tun. Ihr Mund öffnete sich und heraus kam ein glockenhelles Lachen.

Die linke Seite des braunen Materials schob sich nach innen. Geblendet vom eindringenden Licht, senkte sie den Blick.

„Wie schön.", sagte eine tiefe, melodische Stimme. „Du bist erwacht." Ein Schatten durchbrach das Licht. Ein „er" betrat den Raum. „Herzlich willkommen, Semba. Ich habe auf dich gewartet. Komm heraus ins Licht."

„Semba?" Sie spielte mit dem Namen. Prüfte den Klang. Semba! Ja, das war ein guter Name. Sie lächelte. Er lächelte zurück. Braune Augen funkelten.
„Ich bin Farill. Gib mir deine Hand."
Er streckte ihr seine Hand entgegen und Semba ergriff sie. Vorsichtig erhob sie sich von der Pritsche und Farill führte sie hinaus ins Licht.
Semba senkte die Lider und benötigte einen Moment, um sich an die Helligkeit zu gewöhnen. Als sie die Augen abermals öffnete, ging ihr das Herz auf.

Sie stand auf der Kuppe eines mit Gras bedeckten Berges. Zu ihren Füßen wölbten sich sanfte Hügel in eine weite Ebene hinab. Ein Fluss durchschnitt das Land und bildete drei große, miteinander verbundene Seen, bevor sich seine Gischt bedeckten Fluten in der Ferne verloren. Die Sonne strahlte hoch am Himmel und ließ die Wasseroberfläche wie Diamantsplitter funkeln. Vereinzelt zogen Schäfchenwolken über den tiefblauen Himmel. Sonnenwinden und Zwergorchideen blühten. Ein lauer Wind erfasste Sembas langes Haar, umschmeichelte ihre zarte Gestalt. Erneut öffnete sie den Mund und lachte glücklich auf. Nun war alles klar. Sie war Zuhause. Hier wollte sie bleiben.

Farill beobachtete sie, schmunzelte und ging.

-Werbung-

Das Opernhaus Vuswal präsentiert

Erstaufführung

DER AUFSTIEG DES DRACHENKAISERS

Oper von: Anders Stützbalken
In der Inszenierung von: Selma Tollkühn

Operhaus Vuswal: 23. Tholmagtog, 20:30 Uhr
Erste Wiederholung: 28. Tholmagtog, 19:30 Uhr

Musikalische Leitung: Kavendor Sapie
Bühnenbilder: Be'mal'te Lein-wand
Kostüme: Indra Sticker

In den Hauptrollen:

Prinzessin des Smaragdthrons

BAMAS SO'ODRAGA

&

Drachenkaiser

SO'ODRAGA EINDOFIL THALAKAREN II

Ilmag'uns fahrende Garküche

Jeden Tag frisch zubereitete, nahrhafte Köstlichkeiten, ganz in
Deiner Nähe! Nur die besten Zutaten!
Jeden Werktag zur Mittagstunde!
Gill-de-Chen-Platz, Handelsdistrikt,
Vuswal

Folge Deiner Nase, sie wird Dich
nicht enttäuschen!!!

Rabati Weine

Erlesene Jahrgänge,
die Deinen Gaumen
verwöhnen!

Bestelle bequem im Handelskontor
Deines Vertrauens.

Weine aus Rabati!

Likörweine – Schaumweine – Perlweine
Süß – lieblich – halbtrocken - trocken

Winzergilde Rabati – Am Rebstock 1, Rabati

Sonnenscheinheim für junge Damen
Maknova

Das Internat „Sonnenscheinheim" zu Maknova biete wie jedes Jahr Vorbereitungskurse für junge Damen an, die weiterführende Universitäten wie die *ehrwürdige Benman*, die *Maknovia Horatia* oder die *Synkana Alpha* besuchen wollen.

Unsere Damen bewohnen gemütliche 4-Bettzimmer, speisen dreimal täglich im gemeinschaftlichen Speisesaal und nutzen unsere umfangreiche Bibliothek samt angeschlossenen Studierzimmern für die Erweiterung ihrer akademischen Kenntnisse. Der Campus bietet Möglichkeiten für zahlreiche sportliche Betätigungen. Berühmt hingegen ist unsere Dizzel-Mannschaft, die bereits auf diverse Meistertitel zurückblicken kann und sich über Verstärkung freuen würde.

Das Sonnenscheinheim steht für Gemeinschaftssinn, Zusammenhalt und Wissensdurst. Einem Sinnspruch der sehr ernst genommen wird. Unsere Damen erhalten zwei Mal die Woche einen Nachmittag frei, um die Annehmlichkeiten Maknovas nutzen zu können. Darüber hinaus erwarten wir Ernst und Fleiß, um die gewohnt hohen Ergebnisse bei den halbjährlichen Eignungsprüfungen gewährleisten zu können.

Unterbringungs- und Studienkosten erfragen Sie bitte im Sekretariat, gerne auch schriftlich.

Primzahla Horgschwamm
Rektorin

Karawanserei Zifahan

Per Schiff, Karren oder Flakun in jeden
Winkel Synkanas!

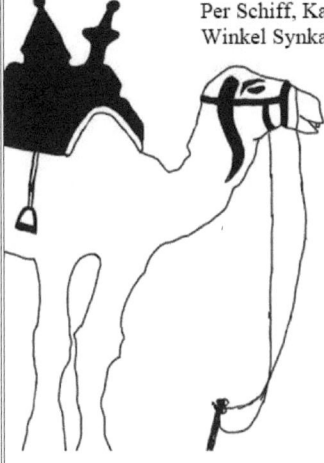

Sicherer Transport Ihrer
Güter!
Sand, Schnee und Sturm
halten uns nicht auf.

Wöchendlich freier
Stauraum von und nach
Hersionnes, Somfren,
Tuziwe, Benim, Angosch
und Dasia.

Monatlich freie Plätze auf
den Karawanenrouten
von/nach Rabati, Miltum,
Maknova und Vuswal.
Preise auf Anfrage!

Lagerkapazitäten stehen in allen genannten Orten zur
Verfügung. Vorauskasse erbeten.

Die monatlichen Versteigerungen für nicht abgeholte Ware
entnehmen Sie bitte dem örtlichen Aushang.

ZUR SICHEREN HEIMKEHR
SOMFREN

Gemütlicher Ausschank von Wein und Bier mit spektakulärer
Hafenatmosphäre. Täglicher Mittagstisch. Gästezimmer im
Obergeschoß: 5 Taler / Nacht, Frühstück extra (2 Taler)
Spezialität: <u>Fischgerichte</u>

An den Wochenenden Hafenkonzerte!!!

Grosse

Revue

in der

Blauen Mühle

Kiki Kupferklopfer
und das miltumer Tanzballett

Jeden Abend ab 20:00 Uhr

DER GRÜNE FLÖZ
- die IN-Kneipe in Vuswal -

Genießen Sie Ihr Bier oder Ihren
Cocktail in der einzigartigen
Atmosphäre des grünen Flözes. Ganz
nach Belieben unter Kokospalmen,
Bananenstauden oder Mammutfarn.

Unser tropenerfahrenes Serviceteam erwartet
Sie!

Große Auswahl an Fassbrause!
Täglich geöffnet: 10-22 Uhr

†

10. Silmastog

Nama-ken, Berichterstatter aus der freien Hafenstadt Somfren für die *MAKNOVA GAZETTE*.

Wir leben in einer Zeit der Wunder! Wo noch vor Monaten Unterdrückung und lebensverachtende Umstände herrschten, wandeln nun wieder Götter und Helden unter uns.

Wir, die Bevölkerung von Somfren, möchten dies zum Anlass nehmen all jenen zu danken, die uns diesen unglaublichen Wandel zum Positiven ermöglicht haben.

Wir danken all jenen, die uns in den beiden Schlachten um Somfren verteidigt und uns in der letzten Schlacht im vorangegangenen Jahr befreit haben.

Wir danken jenen, die in der Zeit der Besatzung das Leben anderer erleichterten und den Sinn für Gemeinschaft aufrechterhielten.

Viele von ihnen sind uns namentlich bekannt. Sie werden hoch geschätzt und werden für immer in unseren Herzen weiterleben.

Einige Heldentaten blieben allerdings bislang unbemerkt. Einem dieser Helden wollen wir den Beitrag zu dieser Sonderausgabe der *MAKNOVA GAZETTE* widmen.

Ergebenst, ihr Nama-ken

†

Die „Familienfeier"

Endlich, da waren zwei von diesen grünen, pelzlosen Zweibeinern. Lange hatte er nach ihnen gesucht. Aber entweder waren es zu viele von ihnen oder man fand überhaupt keinen. Aber zwei? Das war okay. Mit denen wurde er spielend fertig. Insbesondere da der eine Zweibeiner ziemlich kurz geraten war und der andere in aller Seelenruhe schlief.
Seine tiefgrünen Augen wurden zu Schlitzen. Er machte sich bereit zum Sprung.

†

Es war der 40. Valanitog, im 5. Jahr nach Somfrens Fall. Während die elfische Hafenstadt im Westen unter der Knechtschaft des vermummten Herrschers ächzte, konnte man in Keruska und den anderen Orkdörfern im Hinterland des Falberion wieder recht unbedarft leben. Am kommenden Tag würde zur Feier des 01. Phanistog das ganze Dorf geschmückt werden. Alle Familien würden zusammenkommen und bis in die Nacht hinein essen, trinken und tanzen.

Esthrid freute sich seit Wochen auf die Feier, aber die Erwachsenen waren alle so beschäftigt mit den Vorbereitungen. Ständig war sie allen im Weg. Nonna hatte schließlich die Idee gehabt Esthrid und ihren großen Bruder Rulha in den Weidenhain zu schicken, um Gerten zu schneiden. Nonna wollte sie zu kleinen Tischkränzen flechten und das Orkmädchen war froh endlich einmal helfen zu können. Früh am Morgen war sie gemeinsam mit Rulha von Keruska aus in Richtung Westen aufgebrochen. Sie waren den geheimen Sumpfpfaden gefolgt und hielten auf den Falberion zu, der das Hügelland um Somfren von den Sümpfen im Südwesten trennte. Nach zwei Stunden Fußmarsch hatten sie ihr Ziel erreicht.

Der Weidenhain war eine Seltenheit im Delta des Falberion, wo das Gelände fast ausschließlich aus überflutetem Schlick, Sumpf und Mooren bestand. Welches alles gleich hartnäckig an den Sohlen zog. Das einzige Festland, zwischen den schwimmenden Grasinseln und den Wasserschneisen, bildeten die Mangrovenhügel, die sich über die Jahrhunderte hinweg aus immer neuen Generationen der ineinander verflochtenen Bäume gebildet hatten. Auch Keruska stand auf einer solchen Insel. Im Hain jedoch gab es echtes Gras! Und richtige Erde! Und das Beste war: beides blieb an seinem Platz und war weder nass noch glitschig.

Während die achtjährige Esthrid die Beschaffenheit des Bodens kritisch untersuchte, war dem achtzehnjährigen Rulha der Hain wohlbekannt. Er machte sich an die Arbeit, ohne auf die Wunder zu achten die ihn umgaben. Er schnitt zahlreiche dünne, biegsame Gerten von den Bäumen, die von dem Mädchen zu zwei sauberen Stapeln gebündelt wurden. Einen großen für Rulha und einen kleinen für sich selbst. Nach getaner Arbeit setzten sie sich in den Schatten einer der Weiden und machten sich über das mitgebrachte Frühstück her. Die Sonne schien auf eine rundliche Lichtung neben ihnen und verbreitete eine wohlige Wärme. Pollen und kleine Insekten tanzten in den Lichtstrahlen zur Musik eines kleinen Bachlaufs. Einige Bienen und Hummeln summten geschäftig zwischen den weit geöffneten Kelchen der Zwergorchideen hin und her, die einen angenehmen süßlichen Duft verbreiteten. Esthrid genoss dieses fremdartige Bild von ganzem Herzen, war sie doch die feuchtkalten Nebel gewohnt, die die Sümpfe beherrschten.

Rulha genoss es ebenfalls. Nach dem Mahl lehnte er sich genüsslich an den Baumstamm hinter sich und ließ die Gedanken treiben. Keine fünf Minuten waren vergangen, da vernahm Esthrid sein leises Schnarchen. So war Rulha, er konnte überall schlafen, selbst auf diesem seltsamen festen Boden. Sie selbst hätte hier kein Auge zu machen können.

Allein schon dieser Duft. Sie stand auf, erkundete die Lichtung, betrachtete die ungewohnten Blumen und tanzte ein wenig mit den Pollen um die Wette. Die Sonnenstrahlen verliehen ihrer Haut einen leichten grünlichen Schimmer. Wie seltsam! Das war ihr vorher nie aufgefallen. Sie würde Rulha danach fragen müssen.

Unvermittelt zog das muntere Plätschern des Bachs sie in seinen Bann. Nach einem prüfenden Blick auf Rulha, wagte sie sich ein Stück weiter vom Lagerplatz fort. Der Bach war toll, er schlängelte sich zwischen den Weidenstämmen hindurch und das leichte Gefälle zu den entfernten Ufern des Falberion ließen ihn an Geschwindigkeit zunehmen. Das Wasser war glasklar und sprang von Stein zu Stein. Vorsichtig tauchte Esthrid ihre hohle Hand hinein und roch an der Flüssigkeit. Es roch so sauber! Sie nahm einen Schluck. Es war köstlich. Als Nächstes inspizierte sie die Steine im Bachbett. Rote, weiße, schwarze, in jeder Größe und Form. Esthrid hockte sich hin und suchte sich die Schönsten aus. Vielleicht würde sie Rulha überreden können, sie mit Heim nehmen zu dürfen. Die anderen Kinder würden sie darum beneiden. Ihre Schürze spannte sich unter der ständig anwachsenden Zahl von Steinen.

Ein plötzliches Geräusch ließ das Mädchen aufsehen, irgendwo knackte Holz. Doch wo war sie? Die Suche nach den Steinen hatte sie weit vom Lagerplatz fortgeführt. Sie konnte Rulha und die Weidenbündel nicht mehr sehen. Aber woher kam dann dieses Knacken? Esthrid drehte sich um sich selbst. Direkt hinter ihr begann das Mangrovendickicht. Sie sah wie eine pechschwarze Gestalt aus dem Dickicht auf sie zu sprang. Sie sah tiefgrüne Augenschlitze im Sonnenlicht aufblitzen. Sie hob die Hände schützend vor das Gesicht und schrie. Steine fielen ins Gras. Dann war die kleine Ork verschwunden.

†

Rulha schreckte hoch. Angst durchfuhr ihn wie eine heiße Nadel. Wo war Esthrid? Warum hatte sie geschrien? Er sprang auf. Laut ihren Namen rufend, suchte er den Weidenhain nach seiner Schwester ab. Trotz der Wärme bildete sich kalter Schweiß auf seiner Stirn.

Der junge Ork war wegen der großen Feier zum 01. Phanistog nach Keruska zurückgekommen. Die meiste Zeit des Jahres verbrachte er mit den anderen Jägern in den Tiefen der Sümpfe, auf der Suche nach Sumpfkühen, der Hauptnahrungsquelle der Orks. Er hatte gelernt Spuren und die Zeichen der Umgebung zu deuten. Diese Eigenschaft nutzte er nun, auch wenn der feste Boden es ihm schwer machte. Er folgte Esthrids Pfaden bis zum Bachlauf, ab dort wurde es leichter.

Der weiche Boden am Rande des Bachlaufs wies ihm deutlich den Weg und seine Schritte wurden schneller. Bald rannte er in Richtung Sumpf, nur um an einem kleinen Haufen bunter Steine abrupt abzubremsen. Hier endeten die Spuren des Mädchens, dafür fanden sich andere. Weiche Tatzen hatten ihre Abdrücke an dieser Stelle hinterlassen. Rulha zog die Stirn kraus. Sumpfkühe hatten Hufe und abgesehen von den wilden, unberechenbaren Bullen waren sie eher friedlich, wenn man sie nicht zu sehr reizte. Ansonsten gab die Fauna der Sümpfe nicht viel her, was zu diesen Spuren passen wollte. Es scheiterte entweder an der Form oder an der Größe. War eine neue Art über den Fluss gekommen, die den Orks unbekannt war?

Unvermittelt kam Rulha die Geschichte eines alten Jägers in den Sinn, die an den Lagerfeuern zwar immer wieder gerne gehört aber gleich danach als Jägerlatein abgetan wurde. Ahemda behauptete seit Jahren, eines Nachts auf der Jagd nach einer Herde Sumpfkühe eine riesige Raubkatze gesehen zu haben. Er hatte eine der Kühe in einer Sackgasse zwischen zwei zusammenwachsenden Mangroveninseln in die Enge getrieben und schickte sich an sie einzufangen. Da sprang eine über zwei Meter hohe Katze aus dem Dickicht heraus auf den Rücken des Tieres und biss ihr die Kehle durch. Ahemda, vor Schreck erstarrt, hatte mit ansehen müssen, wie die Kuh am Genick gepackt und fortgeschleift wurde. Erbost hatte er der Katze ein „Hey!" hinterher gerufen. Doch als diese tatsächlich inne hielt und ihn anstarrte, hatte er es mit der Angst zu tun bekommen. Er drehte sich schleunigst um und nahm die Beine in die Hand, wobei er bis zu seinem letzten Tag geschworen hatte, dass ihm die Katze mit zusammengebissenen Zähnen ein verächtliches „Pfft, Feigling." hinterher geschnurrt hatte.

Die Orks hatten über diese Geschichte immer sehr gelacht. Seit Jahrhunderten lebten sie in den Sümpfen und an den Flussufern des Falberion und diese Katzen sollten sich all die Jahre vor ihnen versteckt haben? Niemals! Doch die Spuren vor ihm ließen Rulha ein erstes Mal an dieser felsenfesten Überzeugung zweifeln. Er ließ die Weidengerten unbeachtet zurück, griff nach seinem Beutel und machte sich daran den Pfotenspuren in den Sumpf hinein zu folgen.

Er folgte der Fährte bis um die Mittagszeit, dann allerdings verlor sie sich im dichten Nebel, in einem Labyrinth aus Mangroven und Schilf. Wer auch immer Esthrid entführt hatte, er musste die Wasserkanäle durchschwommen haben. Erschöpft und erschüttert machte sich der junge Ork auf den Rückweg ins Dorf. Was würde Nonna nur dazu sagen.

†

Am späten Nachmittag erreichte Ruhla das Orkdorf Keruska. Es war ein kleines Dorf und bestand nur aus knapp zwanzig Hütten, die alle samt auf Stelzen oberhalb der Flutlinie standen. Stege und kleine Plattformen verbanden die Wohngebäude miteinander und gelegentlich führte eine Treppe auf die Insel und in den Sumpf hinab. Eine Palisade oder Mauer um die Siedlung gab es nicht. Die Einwohner verließen sich ganz und gar auf ihre Unsichtbarkeit innerhalb der ständigen Salznebel und auf ihre Abgeschiedenheit inmitten des Sumpfes. Wobei sie aber auch nicht wirklich eine Wahl hatten, denn schweres Mauerwerk würde der schlüpfrige Boden nicht tragen und Baumaterial war selten.

Erschöpft schleppte er sich die letzten Meter die Treppen hinauf und erreichte Nonnas Hütte. Rulha schob den Vorhang zur Seite und betrat den einzigen Raum. Er diente den fünf Personen, die hier lebten gleichzeitig als Wohnraum, Schlafraum und Küche. Rulha und Esthrid schliefen gemeinsam mit ihrem Vetter Muldain auf einigen Schilfmatten an der Feuerstelle. Ochas, Muldains Mutter, teilte sich mit der Großmutter Nonna eine Pritsche im hinteren Bereich der Hütte. Muldains Vater war gemeinsam mit Rulhas Eltern bei der Verteidigung der ursprünglichen Ortschaft Keruska, vor fünf Jahren, ums Leben gekommen.

Kurz nach dem Fall der Schwarzelbenstadt Somfren hatte der vermummte Herrscher einen halbherzigen Versuch unternommen, die Rasse der Orks auszulöschen und war mit seinen Soldaten gegen die Dörfer entlang des Falberion und am Rande der Sümpfe gezogen. Alle Orte und Vorräte wurden niedergebrannt, wer sich den Soldaten entgegen stellte ermordet. Viele ließen ihr Leben beim Kampf und auch während der ersten Jahre im Sumpf. Hungersnöte und Krankheiten brachen aus, bis von der ehemals stolzen Gemeinschaft Keruska nur noch um die einhundert Orks übrig geblieben waren. Und nun hatte Rulha auch noch seine Schwester verloren. Ein Freudenschrei riss Rulha aus seinen Gedanken.

†

Esthrid war vor Schreck bei dem Anblick des Untiers schwarz vor Augen geworden, doch langsam kehrten ihre Lebensgeister zurück. Sie musste sich erst einmal orientieren. Die Wärme der Sonne war verschwunden. Sie war klatschnass. Und irgendetwas drückte ihr hartnäckig und spitz in Bauch und

Rücken, während die erbarmungslos hin und her geschüttelt wurde. Sie öffnete die Augen. Und schloss sie direkt wieder. Ihre Hoffnung Rulha hätte sie aufgehoben, um sie nach Keruska zurück zu tragen hatte sich zerschlagen. Sie baumelte im Maul dieses rabenschwarzen Wesens herum und wurde mit rasender Geschwindigkeit durch den Sumpf getragen. Sicher sprang das Tier von Insel zu Insel, watete durch hüfthohes Schilf und gelegentlich nahm es auch den direkten Weg und durchschwamm mit kräftigen Zügen seiner Gliedmaßen eine der breiteren Wasseradern, die das Moor nährten.

Nach Stunden, wie die kleine Ork meinte, erreichte das Tier eine gigantische Mangroveninsel. Wieder sprang es ins Wasser, dieses Mal jedoch tauchte es. Esthrid schluckte vor Überraschung einen Mund voll Sumpfwasser. Bevor das Mädchen in Panik geraten konnte, tauchte es auf der anderen Seite einer natürlichen Barriere wieder auf, trat gemächlich an Land und ließ die kleine Ork zu Boden fallen. Esthrid hustete hingebungsvoll; versuchte das lästige Wasser aus den Lungen zu bekommen.

„Ristan, was hast du gemacht?", fragte eine breitgezogene, vorwurfsvolle Stimme.

„Was denn?", kam es verstimmt zurück. „Du hast gesagt, hol einen Grünling und hier ist einer!"

„Ristan, das ist ein Welpe. Schau wie klein es ist. Und tropfnass ist es noch dazu." Samtene Pfoten traten näher. Während Esthrid noch auf dem Boden kauerte und nachhaltig nach Luft schnappte, spürte sie wie eine lange Zunge ihr über Nacken und Haare fuhr. Sie schreckte zusammen als sie raspelnd über ihre Haut fuhr, doch lautes Schnurren hielt sie von einem Schreckensschrei ab. Sachte hob sie den Kopf und blickte in das Gesicht einer blendendweißen, hübschen Katzendame. Sanft tätzelte die Katze Esthrid zwischen ihre Vorderpfoten und putzte sie hingebungsvoll. Die überraschte, kleine Ork hob nach einigen Minuten die Hände und wehrte die Zärtlichkeiten vorsichtig ab, was die Katze zu amüsieren schien; das Schnurren veränderte sich.

„Wer seid ihr?", fragte das Mädchen allen Mut zusammennehmend und blickte irritiert zwischen dem schwarzen Kater und der Katzendame hin und her.

„Wir sind Macons.", schnurrte die Katze zu ihr hinab. „Ich bin Amila und der Griesgram da drüben, das ist Ristan. Wir kommen aus dem Osten und haben uns vor einigen Wochen auf dieser Insel niedergelassen, um mit einigen Gefährten ein neues Rudel zu gründen. Wir bekommen bald Nachwuchs, weißt du?" Esthrid strich Amila vorsichtig über den prallen Laib und lächelte als einige heftige Tritte antworteten. Dann sah sie sich um. Diese Mangroveninsel war riesig. Mehrere Erdhügel schienen kleeblattförmig zusammengewachsen zu sein. Die Mangroven in der Mitte waren abgestorben und hatten eine große, freie Fläche aus Mutterboden zurück gelassen. Die Ränder waren undurchdringbar dicht bewachsen mit Mangrovengeflecht und diversen Schilfarten, welches auch die einzelnen Inselteile voneinander abschirmte und den Zugang lediglich an einigen wenigen Stellen ermöglichte. Durch einen dieser Durchgänge hindurch erkannte die kleine Ork im Nebel die schemenhaften Gestalten weiterer Katzenwesen. Der einzige Zugang zum Sumpf schien die Stelle zu sein, an der Ristan mit ihr hindurch getaucht war.

„Und was habt ihr nun mit mir vor?", fragte Esthrid, mehr interessiert als ängstlich.

Amila blickte ein wenig schnippisch zu Ristan hinüber. „Nun eigentlich sollte er einen erwachsenen Ork fangen. Denn wir müssen euch etwas Wichtiges mitteilen."

„Du hast nur von Orks gesprochen!", schmollte der Kater und putzte sich verlegen das Fell seines Vorderlaufs.

„Ich hatte nicht angenommen, dass der Kater meines Herzens auf den Gedanken kommen könnte einen Welpen zu fangen. Würdest du einem Babymacon glauben, wenn es von einer anrückenden Armee maunzen würde?"

„Hey, ich bin kein Baby mehr. Ich bin schon acht!" Esthrid war empört.

„Und damit immer noch viel zu klein für den Krieg!", schnurrte Amila besänftigend, aber bestimmt.

„Hättest dich ja klarer ausdrücken können, Katze.", brummelte Ristan weiter.

„Wir haben wertvolle Zeit verloren, Kater. Nun bring den Welpen zurück ins Dorf und sag ihm was es wissen muss. Wir wollen das Beste hoffen!"

†

Bevor sich Rulha versah, umfing ein kleines Orkmädchen seinen Bauch mit den Armen und drückte seinen Kopf gegen seine Brust. Er konnte sein Glück nicht fassen und drückte ihr einen dicken Kuss auf die schwarzbelockte Stirn. „Esthrid, bist du es wirklich?" Die Kleine nickte eifrig. „Aber wie kommst du hier her? Hast du den Weg allein gefunden?"

„Nein, Ristan hat mich bis hierher getragen, weil ich doch das Dorf warnen soll. Aber sie glauben mir nicht." Anklagend streckte sie den Arm aus und deutete auf Ochas und Nonna, die kopfschüttelnd am Tisch saßen und das Festessen für die Familienfeier am folgenden Tag vorbereiteten.

„Rulha, da bist du ja endlich. Was soll der ganze Unsinn, Esthrid alleine ins Dorf zu schicken? Und die Gerten hast du auch nicht mitgebracht.", schimpfte die Nonna.

Ochas schlug in die gleiche Kerbe. „Was ist los mit euch beiden? Wollt ihr allen das Fest verderben? Los, macht euch nützlich und holt Holz für die Feuer."

Rulha schnappte nach Luft. Er zog es jedoch vor Esthrid bei der Hand zu nehmen und die Hütte zu verlassen. Er wollte keinen Streit; er wollte erfahren was genau passiert war und die beiden Alten würden keine Ruhe geben, wenn sie in der Hütte blieben. Sie kletterten die Leiter wieder hinab und obwohl Rulha vor Erschöpfung am liebsten umgefallen wäre, machte er sich mit der Axt daran einige Mangrovenstämme zu zerlegen.

„Bist du jetzt auch böse auf mich?", fragte Esthrid zerknirscht.

„Nein Kleines, ich weiß, dass dich etwas geholt hat. Ich habe die Spuren gesehen. Es hatte vier Pfoten und war sehr groß. Wer ist Ristan?"

Das Mädchen lachte vor Erleichterung auf. „Ristan ist ein Macon und er ist mit Amila zusammen. Amila ist wunderschön und ganz weiß. Sie bekommen bald Babys. Außerdem wollen sie ein Rudel gründen, aber die Soldaten werden das nicht zulassen, deshalb…“, sprudelte es aus ihr heraus.

„Stopp, Stopp, Stopp!“ Rulha hob zum Zeichen der Aufgabe beide Hände. „Eins nach dem anderen. Bitte!“

Eifrig berichtete Esthrid von ihrem Aufenthalt auf der Insel.

„Und sie haben dich einfach gehen lassen, nachdem du ihren Schlupfwinkel kanntest?“, fragte Rulha verwundert.

„Aber ja. Sie sind nicht böse Rulha, sie wollen uns helfen. Aber es glaubt mir niemand. Ochas nicht und Nonna auch nicht. Was soll ich nur tun?“, ihr Ton wurde immer quengeliger.

„Zunächst einmal berichte mir den Rest der Geschichte. Dann sehen wir weiter!“, bestimmte Rulha mit strenger Stimme.

Sofort ließ Esthrids Gequengel nach. Sie konzentrierte sich und erneut flammte der Erzähleifer in ihr auf.

†

Esthrid löste sich nun ganz aus Amilas Umarmung und schritt langsam auf Ristan zu. „Hallo Ristan. Ich bin Esthrid. Trägst du mich jetzt bitte zurück nach Keruska?“

Ristan schnaubte und sah auf das Mädchen hinab. „Muss ich ja wohl.“ Sein Kopf zuckte in Amilas Richtung „Die Katze hat es befohlen.“

„Hörst du immer auf Amila?“, fragte die Ork unschuldig.

Der Kater schnaubte lauter. „Sie trägt unseren Wurf. Sie wird komisch wenn die Dinge nicht so laufen wie sie will. Aber wenn die Welpen da sind, dann wird das wieder anders, glaub mir!“

Esthrid lächelte. „Dann lass uns gehen.“ Sie drehte sich zu Amila um und winkte. „Ich wünsche dir viel Glück bei der Geburt. Mögen die Welpen gesund sein.“

Ristan öffnete das Maul und wollte die Ork wieder mit den Zähnen packen, doch das Mädchen stemmte empört die kleinen Hände in die Hüften. „Nein, so nicht. Ich bin doch kein Beutel Wäsche. Lass mich reiten." Ristan rührte sich nicht. „Na los, wir haben es eilig!", rief sie zu dem Kater hinauf, der mindestens doppelt so groß war wie sie selbst. Etwas das einem Seufzen sehr ähnlich war bahnte sich seinen Weg aus Ristans Kehle. Er legte sich flach auf den Boden und ließ das Mädchen aufsteigen.

Amila kicherte. Ristan warf ihr einen strafenden Blick zu. Sofort fasste sie sich wieder, hüstelte gekünstelt das Wort „Haarball" hervor und drehte sich weg, wobei ihre Schultern verdächtig zuckten. Der Kater knurrte leise fluchend vor sich hin, richtete sich mit Esthrid auf seinem Rücken auf und ging zum Tauchgang. Mit einem Sprung waren sie verschwunden.

Die kleine Ork hielt sich tapfer am Hals des Katers fest, bis sie das Ufer erreicht hatten. Das reflexartige Fellschütteln des Katers jedoch ließ sie von seinen Schultern rutschen. Sie landete in einer Morastpfütze und aus irgendeinem Grund besserte sich Ristans Laune erheblich.

Nachdem sie eine Weile stumm durch den Sumpf geeilt waren, begann der Kater ein Gespräch. „Welpe, du musst dein Volk warnen. Eine Armee sammelt sich an den Grenzen des Sumpfes. Sie haben eine Brücke über das Band aus Wasser geschlagen, das ihr Falberion nennt. Sie wissen, dass ihr am morgigen Tag ein großes Fest feiern werdet und alle Familien in den Dörfern zusammen kommen. Hörst du zu, Welpe?"
„Ja, ich höre zu Ristan, es geht schließlich um meine Familie. Aber mein Name lautet Esthrid und nicht Welpe, wie du sehr wohl weißt.", kam es keck von seinem Rücken hinab. „Sag mir einfach, was ich tun soll."

†

Rulha vergaß vor Schreck Holz zu hacken. „Eine Armee sagst du? Was für eine Armee?"

„Das weiß ich nicht, aber Ristan kann es dir sicher beantworten. Er sagte er wartet auf mich, vor dem Dorf, falls man mir nicht glauben würde." Rulha schluckte. War das eine Falle? War ihnen Esthrid zu klein gewesen und wollten sie vielleicht nur ein größeres Opfer? Der Ork rang die Angst in seinem Herzen nieder. Und wenn schon, wenn der Macon es ehrlich meinte stand die Sicherheit seines Volkes auf dem Spiel. Er ließ seine Axt beim Holzstapel zurück und nahm seine Schwester an die Hand. Gemeinsam verließen sie das Dorf und folgten dem schmalen Pfad zwischen den mit orangerotem Kupferhalm umwachsenen Sumpflöchern bis die Häuser im Nebel außer Sicht gerieten. Dort warteten sie.

Rulha spähte in den Nebel hinaus, während sich Esthrid nieder hockte und einen Strauß Moorlilien pflückte. Einige Minuten vergingen, dann trat der schwarze Kater majestätisch aus einer nahen Nebelwand. Der Ork zuckte zusammen. So groß hatte er sich das Tier nicht vorgestellt, er hätte selbst ohne weiteres auf ihm reiten können. Esthrid juchzte und lief auf den Kater zu. „Hallo Welpe!", grüßte dieser und gab ihr einen leichten Stups mit der Schnauze. Rulha blieb der Mund offen stehen. Sie sprachen tatsächlich!

„Was starrst du mich so an? Habe ich Dreck im Fell?", fragte Ristan und schielte an sich hinab.

„Oh, nein! Entschuldige, ich bin nur….überrascht.", entgegnete der Ork schnell. „Meine Schwester sprach von einem Angriff auf das Dorf. Kannst du Näheres berichten? Um welche Armee handelt es sich?"

„Die Armee des vermummten Herrschers. Viele zehnmal zehn Mann haben Somfren verlassen und werden im Westen und Norden gegen verschiedene Dörfer vorgehen."

„Woher wisst ihr das?", fragte Rulha argwöhnisch.

„Ein junger Kater, der im Falberion das Schwimmen übte, hat berichtet, dass ein Teil dieser Armee anrückt und mit dem Bau einer Brücke begonnen hat. Von da an haben wir sie beobachtet und uns das meiste zusammengereimt. Einige ihrer Späher zogen durch die Sümpfe und kundschafteten die Standorte eurer Dörfer aus. Nur wenige haben es zurück geschafft, die meisten hat der Sumpf geholt, einige erlitten … unvorhergesehene Unfälle. Aber es hat gereicht. Sie kennen die Standorte der meisten Siedlungen im Westen. Gestern hat eine Katze unseres Rudels die Wachen an der Brücke belauscht. Sie sprachen vom großen Angriff in zwei Tagen, beim großen Fest." Ristan setzte sich auf die Hinterläufe und sah den Ork erwartungsvoll an, bereit für weitere Fragen.

„Warum habt ihr uns nicht früher davon berichtet? Und warum habt ihr euch so lange vor uns versteckt? Wir müssen die anderen Dörfer warnen…", Rulhas Gedanken rasten.

„Weiße Zweibeiner, schwarze Zweibeiner, grüne Zweibeiner, das ist uns Einerlei. Wir wollen in Ruhe jagen und unsere Jungen aufziehen. Die Fremden von der anderen Seite des Flusses wollen das verhindern. Sie wollen über den Sumpf herrschen. NIEMAND beherrscht die Macons. Deshalb reden wir jetzt mit euch! Was die anderen Dörfer angeht, wir haben einige Macons losgeschickt die anderen Rudel zu warnen, sie sollen sich auch mit den Dörfern in Verbindung setzen. Kümmert euch um euer Dorf."

„Danke!", sagte Rulha von ganzem Herzen. „Ich muss nun zurück und den anderen berichten. Wir müssen überlegen, wie wir weiter vorgehen. Möchtest du uns begleiten? Es würde helfen?"

Ristan schüttelte den Kopf. „Wir werden kommen, wenn es soweit ist."

Rulha nickte, winkte dem Macon zum Abschied zu und eilte mit Esthrid zurück ins Dorf.

†

Die beiden hatten das Tor fast erreicht, als ihnen Muldain und Momka entgegen geeilt kamen, Frieders trottete ein wenig langsamer hinter drein. „Da seid ihr ja!", rief Momka schon aus der Ferne ganz aufgeregt. „Das halbe Dorf ist wegen euch in

Aufruhr. Nonna ist kurz vor dem Durchdrehen weil ihr schon wieder verschwunden seid." Die kleine stämmige Ork mit dem kurzen, roten Haar bremste scharf ab und kam vor den Geschwistern zum stehen. Sie sah in Rulhas Gesicht und hielt inne. „Okay! Was ist passiert?", fragte sie alarmiert.

Muldain hielt neben ihr an und warf ebenfalls einen besorgten Blick auf seinen Cousin.

„Ihr müsst mir jetzt vertrauen, ohne dass ich lange Fragen beantworten muss. Momka, lauf zu Kasuf und ruf ihn in die Festhütte, wir müssen wichtige Dinge besprechen. Muldain, lauf mit Frieders zu allen Männern und Frauen, die eine Waffe halten können. Lasst euch nicht abwimmeln. Unsere Zeit ist knapp. Es geht um Leben und Tod!"

Die Augen seines kahlgeschorenen Cousins wurden groß vor Schreck, doch genau wie Momka nickte Muldain, machte auf dem Absatz kehrt und lief auf die Hütten zu. Im Lauf schnappte er sich den ihm entgegeneilenden Frieders und zog ihn mit sich. Schnell brachte er den Ork mit dem schütteren, wirren Haarkranz auf den neuesten Stand. „Was soll das heißen: auf Leben und Tod? Ich will wissen, worum es geht, wenn ich mir schon von den Weibern den Kopf abbeißen lassen muss.", maulte Frieders und trabte ein wenig schneller hinter Muldain her.

Rulha und Esthrid hielten stattdessen auf Nonnas Hütte zu. Ochas stand in der Tür und setze zu einer lautstarken Litanei an. Rulha hob sie bei Seite und betrat das Haus. „Entschuldige Tante, aber wir haben jetzt keine Zeit für Blödsinn."

Ochas schnappte empört nach Luft. Der junge Ork ließ sich jedoch nicht beirren und eilte an der verwirrt dreinschauenden Nonna vorbei zu seiner Truhe und entnahm dieser seine Waffen.

„Junge, was ist bloß los?", fragte Nonna und legte ihm besorgt die Hand auf die Schulter.

„Kommt zur Festhütte, wir werden gleich mit Kasuf sprechen und da werdet ihr alles erfahren. Beeilt euch!"

Der Schwarzelf Var'us blickte über den breiten Strom des Falberion hinweg in den Nebel der Sümpfe hinein. Heute würde es also ernst werden. Seit Jahren saßen seine Männer in Somfren fest, waren mit der Bewachung der Stadt und seiner Einwohner sowie dem Wiederaufbau und der Verstärkung der Verteidigungsanlagen betraut worden. Eine unwürdige Aufgabe für Krieger. Nun ging es endlich wieder darum ihr Handwerk auszuüben.

Nach der Eroberung der Stadt Somfren vor fünf Jahren, hatten sie das Umland bis auf drei Tagesmärsche Entfernung gesäubert; hatten die Orkdörfer am Flussufer dem Boden gleich gemacht und die wenigen Überlebenden in die Sümpfe getrieben. Dann kam überraschend der Befehl Remarks zur Rückkehr in die Stadt. Unverrichteter Dinge, wie Var'us fand. Nun jedoch bekam er die Gelegenheit seine Arbeit zu beenden. Und er würde erfolgreich sein. Ein böses Lächeln umspielte seine Lippen, als er seine Truppen über die neu errichtete Brücke vorrücken ließ. Einhundertfünfzig gut ausgerüstete und bewaffnete Männer würden diesen Sumpfratten ein für alle Mal den Garaus machen. Den Kopf hoch erhoben und in schimmernder Rüstung marschierte Var'us neben den Soldaten des vermummten Herrschers her. Gemeinsam tauchten sie in die Nebel der Nacht ein.

Korben, ein bewährter Fährtensucher, führte das Heer des Herrschers an, ein gemischter Haufen aus Menschen, Firnelfen, Schwarzelfen und vereinzelten Zwergen, die in geordneten Dreierreihen vorrückten. Knöcheltiefes, trübes Wasser umspielte die ledernen Stiefel. Der Nebel wurde dichter. Lediglich der tief hängende Vollmond sorgte für eine geisterhafte Ausleuchtung der stillen Invasion.

Korben verfluchte seinen Auftrag. Er hatte das Dorf der Orks ausgekundschaftet, hatte gesehen, wie einfach das ehemals stolze Volk lebte. Nur widerwillig hatte er den Standort der

Ansiedlung an Remark weitergegeben, hätte man nicht seine Frau und Kinder in Gewahrsam genommen, hätte er sich davon gemacht. So aber war ihm das Leben seiner Familie wichtiger, als das der Orks. Trotzdem wollte er den Eroberern seiner Heimatstadt einen Denkzettel verpassen. Er steuerte auf die nächste Mangroveninsel zu, eng an den herausragenden Wurzelsträngen vorbei, wohl wissend, dass sich nur ein kleines Stück weiter rechts eines der berüchtigten Sumpflöcher befand, dessen Sogwirkung unbedarfte Wanderer binnen Sekunden in die Tiefe zog. Ein leichtes Kräuseln der Wasseroberfläche wies auf ein umfangreiches Loch hin.

„Bleibt dicht hinter mir.", rief er den Soldaten hinter sich zu, die allerdings keine Anstalten machten seinem Befehl Folge zu leisten. Der Mann war Zivilist! Was wussten die schon?

In gewohnter Formation marschierten sie weiter, bis der vermeintlich sichere Boden unter ihnen nachgab und den jeweils rechten und mittleren Mann der ersten fünf Reihen schlagartig in die Tiefe zog.

Panik machte sich breit. Der Vormarsch kam ins Stocken als die Soldaten plötzlich anhielten oder versuchten seitlich auszuweichen. In dem Gedränge versuchten andere den rasant versinkenden Kameraden zu helfen, was weitere fünf Todesopfer forderte; bis Var'us herbei geeilt war und dem Chaos Einhalt gebot. Harsch befragte er Korben nach dem Vorfall, und die Soldaten mussten seine Aufforderung an sie bestätigen, zur Seite zu treten. Var'us gestand sich zähneknirschend ein, dass er dem Fährtensucher keinen Fehler nachweisen konnte. Dummerweise brauchte er ihn tatsächlich, wenn sein Auftrag von Erfolg gekrönt sein sollte. Ab diesem Zeitpunkt jedoch schritt er neben Korben an der Spitze des Zuges voran. „Keine weiteren Vorfälle dieser Art, oder deine Familie wird schneller exekutiert als dir lieb ist.", presste der Hauptmann zwischen zusammen gebissenen Zähnen hervor.

Korben quittierte die Warnung mit angemessener Zerknirschtheit und ersann bereits den nächsten Plan.

Er führte die Soldaten in einer weiten Schleife um drei kleinere Mangroveninseln herum zu einer Stelle, an die er sich noch aus Vorkriegszeiten erinnerte. Hier trafen sich die Jungbullen der Sumpfkuhherden, um ihre Stärke miteinander zu messen. Er hoffte einige der aggressiveren Exemplare dort anzutreffen, wurde aber enttäuscht. Der kleine schilfumrandete Sandhügel, der nur knapp oberhalb des Wasserspiegels lag, war verweist. Allerdings kam ihm Var'us zu Hilfe. Der Schwarzelf nutzte die Gelegenheit seine Truppen zu sammeln und neu zu ordnen. Die Sumpflöcher waren ihm eine Lehre gewesen. Die Soldaten erhielten den Befehl sich in Zweierreihen aufzustellen.

Ein protestierendes Trompeten unterbrach die Bemühungen der Soldaten und ließen sie in der Bewegung inne halten. Drei Sumpfbullen hatten sich aus den Tiefen der Salznebel an die unerwünschten Besucher herangepirscht. Es waren prachtvolle Exemplare, wie Korben anerkennend bemerkte. Drei Meter Schulterhöhe, behufte, stämmige Beine und acht Tonnen Lebendgewicht wirkten wie Nebensachen, wenn man sein Augenmerk auf die gepanzerte Stirn- und Rückenpartie, beziehungsweise die beiden Oberschenkeldicken Hörner richtete.

Der am nächsten stehende Bulle senkte bereits angriffslustig den Kopf und versuchte durch Drohungen die Eindringlinge von seiner Lieblingsspielwiese zu verscheuchen. Die Lage komplett falsch einschätzend, versuchte Var'us den Standort zu sichern. Die Schildträger traten vor, bildeten einen Schildwall rund um die Insel. Direkt dahinter die Bogenschützen mit eingelegten Pfeilen.

„Ich würde das lassen, Chef. Wir sollten einfach abziehen."
Die leise Stimme der Vernunft, in Form des Fährtenlesern Korben, wurde ignoriert.

„Die Soldaten des Herrschers ergreifen nicht die Flucht vor einigen Kühen.", kommentierte Var'us herablassend. Er warf sich in die Brust und brüllte: „Pfeile los!"
Dutzende Pfeile flogen sirrend durch die neblige Nacht und fanden ihr Ziel, den Körper des ersten Bullen. Sie prallten ohne einen Kratzer zu hinterlassen ab. Die Schützen luden nach, warteten auf weitere Befehle. Noch einmal erschallte der Ruf. Erneut wurden die Nebelschwaden von gefiederten Pfeilen geteilt. Erneut zeigten sie keine Wirkung.
„Du hast schon gemerkt, dass Rücken und Nacken gepanzert sind, oder?", fragte Korben leise.
„Achte auf deine Worte, Mensch!", zischte der Hauptmann.
Der Fährtensucher zuckte unschuldig mit den Schultern. „Ich wollte nur helfen."
Insgeheim war Korben überrascht, dass die Bullen immer noch still hielten. *‚Wahrscheinlich sind die Tiere viel zu überrascht über diesen selten dummen Angriff.'*, dachte er bei sich.

Allein aus Trotz ließ Var'us eine dritte Salve abfeuern. Der Bulle nahm dies zum Anlass ein weiteres Trompeten auszustoßen. Er hatte genug von diesen nervenden Zweibeinern. Seine Hinterbeine stampften unruhig, das rechte Vorderbein scharrte und wirbelte Unmengen Schlick auf. Dann endlich setzte er sich in Bewegung. Kam in rasender Geschwindigkeit auf den Schildwall zu und prallte mit einer Vehemenz auf die Formation, dass die Reihen auseinander brachen. Mehrere Elfen und Menschen wurden niedergetrampelt, bis der Bulle die Insel auf der anderen Seite wieder verließ und im Nebel verschwand. Ein weiteres Trompeten erklang. Die verbleibenden beiden Bullen preschten in selten gesehener Eintracht, Seite an Seite über den Hügel hinweg, eine Schneise der Verwüstung hinter sich herziehend.

Fünfzehn standen nicht mehr auf, drei weitere wiesen Armbrüche auf, viele andere Schürfwunden und Prellungen. Var'us raufte sich das lange, schwarze Haar, fasste sich dann wieder und ließ antreten. Korben wartete nicht bis sich die

Soldaten eingereiht hatten, sondern machte sich bereits mit der Vorhut auf den Weg. Der Hauptmann eilte hinter ihm her und versuchte dabei das ihm unbekannte Terrain im Auge zu behalten, das es ihm so unerwartet schwer machte.

Die nächsten Stunden marschierten sie ungestört voran. Der Nebel hob sich ein wenig und gab mehr Details ihrer Umgebung preis. Moorlilien und Silberzünglein besiedelten die kleinen Stücke festen Landes zwischen den Wurzeln der Mangroven, dessen geschlossene Kelche im Schein des Mondlichts schimmerten. Vereinzelt wurden Grasflecken sichtbar. Korben erkannte in ihnen Schwingrasen. Orkmäulchen und Salzwasserkresse, eine aus Flechten und Moosen bestehende Pflanzenkombination, die schwimmende Inseln erzeugen konnte. Sie bildeten sich ohne jegliche Zuhilfenahme von Erde, auf der glatten Wasseroberfläche und überbrückten so größere Strecken zwischen zwei Mangroveninseln, festen Boden imitierend. Der Fährtensucher witterte eine weitere Chance einige Soldaten loszuwerden.

Er hielt auf eine schmale schwimmende Insel zu, die zwischen zwei großen Mangrovenhügeln entstanden war und zuckte zusammen, als vom linken Hügel geflüsterte Worte an sein Ohr drangen. Waren das Orks?
„Was ist los?", fuhr ihn Var'us von der Seite her an. Korben winkte ab und rief ein wenig lauter als nötig: „Nichts Chef, nur einige lästige Insekten, die mir laut ums Ohr summen. Lasst uns zwischen diesen Inseln hindurch gehen, dann sind wir in wenigen Minuten am Ziel. Ich glaube, die Siedlung heißt Keruska."
„Red nicht so viel.", versetzte Var'us gereizt und winkte die ersten Reihen an sich vorbei.
Als die Vorhut die schwimmenden Insel erreichte, erhob sich aus dem Dickicht des Mangrovenhügels ein lautes Zischen. Dutzende von Pfeilen schwirrten durch die Luft und fielen auf die überraschten Krieger hinab. Nachdem acht gefallen waren, versuchte der Rest über das vermeintliche Gras in die sichere

Deckung der zweiten Insel zu gelangen. Doch auch von dort flogen nun Pfeile heran, während die Flechten und Moose unter den Flüchtenden nachgaben und mehrere Soldaten im Sumpf versanken. Hektisch rief Var'us seine Truppen zum Rückzug. Alles andere als geordnet flüchtete die arg dezimierte Streitmacht zurück in den Nebel und außer Reichweite der Bögen.

Sie sammelten sich unter den Zweigen eines uralten, abgestorbenen Mangrovenbaums. Var'us schäumte vor Wut. Der einfache Einsatz entpuppte sich immer mehr als Desaster. Diese Orks und dieser vermaledeite Sumpf hatten ihn bereits die Hälfte seiner Männer gekostet und noch immer hatte kein einziger dieser verfluchten Sumpfratten mit dem Leben bezahlen müssen. Der Schwarzelf schwor bittere Rache. Im Eilmarsch führte er seinen Trupp im weiten Bogen um den Hinterhalt herum und auf das Dorf Keruska zu. Vor ihnen tauchten bereits die ersten der knapp zwanzig auf Stelzen errichteten Hütten im Nebel auf. Var'us hob die Hand zum Halt.

Am Fuße der Stelzen hockte ein kleines Orkmädchen von vielleicht acht Jahren. Sie hatte lange, gelockte schwarze Haare, die zu einem unordentlichen Zopf geflochten waren und pflückte Blumen. Ein selbstgefälliges Lächeln machte sich auf dem harten Gesicht des Hauptmanns breit. Sie hatten das Dorf also nicht evakuiert. Wie auch immer die Orks hinter die Angriffspläne gekommen waren, sie hatten augenscheinlich alles auf eine Karte gesetzt. Nun, der Hinterhalt würde einen Hauptmann Var'us nicht in die Flucht schlagen. Sie würden die Dorfbewohner für ihre bisherigen Verluste zahlen lassen, noch bevor die im Hinterhalt liegenden Orks von diesem Schachzug erfahren würden. Er winkte drei Mann herbei und gab ihnen ein stummes Zeichen die kleine Ork zu schnappen, die immer noch völlig ahnungslos die schönsten Blumen für ihren Strauß auswählte.

Die Deckung der Mangroven nutzend, schlichen sich die Soldaten heran. Sie waren keine zehn Meter entfernt, als sich das Mädchen erhob. Die Soldaten erstarrten zu Salzsäulen. Das Mädchen bückte sich erneut und betrachtete eine besonders hübsch geformte Wurzel. Die Männer atmeten erleichtert auf. Vorsichtig setzen sie einen Fuß vor den anderen, die Messer gezogen. Der dritte von ihnen wollte es den anderen gleich tun, doch der tückische Boden hatte sich an seinen Sohlen festgesaugt. Angst kam in ihm auf, als er an den Tod seiner Kameraden in den Sümpfen dachte. Panisch zog er mit aller ihm zur Verfügung stehenden Kraft an seinem rechten Stiefel, der sich mit einem lauten „Plopp" aus dem Morast löste. Der Kopf des Mädchens ruckte hoch, erblickte die sich nähernden Soldaten. Ihre Augen weiteten sich vor Schreck. Sie sprang auf und rannte auf die Leiter zu, die zu den Hütten hinauf führte, die Soldaten dicht auf ihren Fersen. Sie erklomm die oberste Sprosse, rannte über die Holzplanken des Stegs und verschwand in der erstbesten Hütte.

Alles blieb still. Kein Geschrei, keine laut gerufene Warnung. War das Kind allein in der Hütte? Die Soldaten stürzten hinterher. Ein dumpfer Schlag. Ein unterdrückter Schrei. Stille!

Korben und Var'us sahen sich irritiert an. Was ging dort vor? Ein oder zwei Minuten verstrichen, dann öffnete sich der Vorhang und das Orkmädchen kam heraus. Es hüpfte über den Steg, als sei nicht das Geringste passiert und verschwand in der nächsten Hütte. Var'us war sprachlos. Machte sich das Kind über sie lustig? Erbost winkte er zwei Gruppenführer nach vorne. „Bermon, du schaust mit deinen Leuten in der Hütte nach den drei Spähern. Iongar, du nimmst dir zehn Mann und schnappst dir das Mädchen und wen auch immer du in dieser zweiten Hütte findest. Ich will wissen was hier vorgeht. Der Rest sichert die Aufgänge zu den Stegen und macht sich bereit zum Angriff."

Korben hob zweifelnd die Augenbraue. „Hältst du das wirklich für eine gute Idee? Du hast schon ziemlich viele Leute verloren. Willst du nicht lieber umkehren?"

Var'us schnalzte verächtlich mit der Zunge. „Unverrichteter Dinge zu Remark zurückkehren? Ich bin doch nicht lebensmüde."

„Nun, wenn du dir hier bessere Überlebenschancen erhoffst, nur zu. Ich fürchte nur unsere Gebeine werden unentdeckt im Sumpf verrotten, wenn du so weiter machst.", flüsterte der Fährtenleser.

Der Elf wandte spöttisch den Kopf. „Du hast Angst vor einem Orkmädchen?"

„Ich habe Angst vor dem was du hier auslöst…', dachte Korben und hielt den Blick des Mannes erhobenen Hauptes stand.

Iongar und Bermon betraten mit ihren Männern die Stegkonstruktion, mit der die einzelnen Hütten verbunden waren und platzierten sich vor den angewiesenen Eingängen. Kein Laut war zu hören.

Sie warfen einander einen letzten Blick zu und zogen synchron die Waffen, dann stürmten sie hinein. Waffen klirrten. Schreie erklangen. Flüche wurden ausgestoßen. Einmal versuchte einer der schwarz gekleideten Soldaten, mit dem silbernen Kreis des Herrschers auf der Brust, durch die Tür der ersten Hütte zu entkommen; doch etwas zog ihn zurück. Alles war unterlegt von einem seltsamen scharrenden Geräusch, das entfernt nach Fauchen klang und sich erst richtig bemerkbar machte, als es plötzlich verklang. Stille!

Alles starrte fassungslos auf die Eingänge der Hütten. Var'us, Korben, die verbleibenden siebenundfünfzig Soldaten der ehemals stolzen Streitmacht. Nichts rührte sich. Schweißperlen bildeten sich auf der makellosen Stirn des Schwarzelbenhauptmanns. Erste Gerüchte gingen um, dass es hier nicht mit rechten Dingen zuging. Als die Vermutung an Var'us Gehör drang, dass es sich bei den Bewohnern des

Dorfes um die Geister der vor fünf Jahren getöteten Orks handeln müsse, verbot er jegliches weitere Gespräch.

Unvermittelt hob Korben die Hand und deutete mit schreckensbleichem Gesicht auf den Holzsteg, der in einigen Metern Entfernung aus dem Salznebel ragte. Das Orkmädchen war wieder da. Aber nicht nur sie. Zwei ältere Frauen traten aus der ersten Hütte. Aus der zweiten schlossen sich ihnen ein älterer Ork mit wirrem Haar und eine rothaarige Orkfrau an, gefolgt von zwei Heranwachsenden. Immer mehr Orks traten aus den Hütten in den Nebel und schritten über den Steg hinweg auf ein gemeinsames Ziel zu. Kein Wort wurde gesprochen. Kein Laut erklang. Keiner von ihnen schien die Soldaten wahrzunehmen oder auf den Angriff reagieren zu wollen. Ohne Eile betraten sie einer nach dem anderen eine große, runde Hütte in der Dorfmitte. Hinter ihnen senkte sich ein Vorhang vor dem Eingang.

„Du musst zugeben, dass Ganze hat schon etwas Gespenstisches.", flüsterte Korben Var'us zu.
„Ach, sei still!", flüsterte dieser zurück, mit einem merklichen Zittern in der Stimme. „Los Jungs, hinterher. Sie sind alle in der Hütte. Wir machen ihnen den Gar aus und dann nichts wie weg hier!"

Die Aussicht auf einen baldigen Abzug weckte neue Kräfte in den Soldaten. Leise und zielstrebig erklommen sie die Leitern, liefen geduckt über die Stege und sammelten sich vor der großen Hütte. Auf ein Zeichnen von Var'us stürmten die Ersten laut schreiend und mit gezogenen Waffen den Holzbau. Im Inneren schienen die Schreie lauter und verzweifelter zu werden. In bunten Farben malte sich Var'us aus, welche Panik jetzt unter den Orks herrschen musste, doch dann wurde ihm klar, dass auch außerhalb der Hütte geschrien wurde. Die Hüttendächer um sie herum waren plötzlich mit Bogenschützen besetzt und es waren nicht die seinen. Vermummte Gestalten schossen seine Leute in der Mitte des Dorfes zusammen. Die

Überlebenden versuchten verzweifelt in die Hütte zu gelangen, was jedoch daran scheiterte, dass die Soldaten drinnen um jeden Preis aus der Hütte heraus wollten. Es herrschte Chaos. Var'us blickte verzweifelt über das Schlachtfeld. Sie hatten verloren. Er wandte sich zur Flucht, als eine Orkaxt ihn am Schädel traf.

†

Korben saß mit Kasuf an der Feuerstelle der Versammlungshütte. Während die anderen Orks die Leichen der Soldaten fortschafften und in den Sumpflöchern versenkten, hatte der junge, charismatische Orkhäuptling den Fährtensucher zu sich gebeten. Er dankte Korben für seine Bemühungen die Streitmacht des Herrschers zu dezimieren, denn sie waren seit der Überquerung des Falberion nicht unbeobachtet gewesen und Kasuf war bestens informiert.

Der Fährtensucher war vor Schreck beinahe zu Boden gegangen, als er die großen Katzen erblickte, die aus den Hütten traten und beinahe wäre es endgültig um ihn geschehen gewesen, als er einige von ihnen miteinander sprechen hörte. Kasuf erklärte ihm, dass sie die Hütten mit einigen Macons besetzt hatten, welche die Soldaten mit Leichtigkeit außer Gefecht setzen konnten. Die meisten Macons jedoch hatten sich in der Versammlungshütte aufgehalten und den Rückzug der Frauen, Kinder und Alten gedeckt, die durch eine Klappe im Boden hinabgestiegen und unbemerkt ins Hinterland geflohen waren. Die Orkmänner und –frauen, die mit Bögen umgehen konnten, hatten sich bereits vor dem Kampf auf den Dächern postiert oder auf den vorgelagerten Inseln in den Hinterhalt gelegt.

„Was soll nun mit diesem Elfenhauptmann passieren, Korben?", fragte Kasuf ernst.
„Was fragst du mich?", entgegnete Korben mit einem Schulterzucken. „Ich bin ebenso ein Gefangener wie er."

Der Ork schüttelte den Kopf. „Du hast uns geholfen, du kannst jeder Zeit gehen."

„Ich könnte gezwungen werden weitere Soldaten hierher zu führen.", gab der Fährtensucher zu bedenken.

„Sie würden nur ein paar verkohlte Stämme vorfinden. Wir werden noch heute fortziehen. Ristan hat uns einen sicheren Zufluchtsort zur Verfügung gestellt, denn die Zusammenarbeit von Macons und Orks hat sich für beide Seiten als nützlich erwiesen. Alles wird abgebaut und fortgeschafft. Was nicht transportiert werden kann werden wir verbrennen. Mach dir um uns keine Sorgen, sondern lieber um deine Zukunft. Willst du bei uns bleiben? Wir könnten den Schwarzelf beseitigen."

Korben überlegte lange. „Ich muss zurück in die Stadt, meine Familie ist dort in den Fängen des Stadtkommandanten Remark. Wenn ich alleine zurückkehre, wird es Schwierigkeiten geben. Aber wenn ich ihm Var'us mitbringe…"

†

Var'us erwachte an einem Lagerfeuer im Sumpf. Sein Kopf brummte, als sei der Himmel auf ihn hinabgefallen. Irritiert sah er sich um. Wo war er?

Vor ihm saß Korben und stocherte in den Flammen. „Bist du endlich wach, Hauptmann?", fragte der Fährtensucher.

„Was machen wir hier? Wo sind meine Männer?"

„Tot natürlich, erinnerst du dich nicht? Na ja, hast ganz schön was auf den Schädel bekommen. Ich hatte schon befürchtet eine Leiche mit mir herum zu schleppen."

„Du hast mich getragen?"

„Selbstverständlich, glaubst du ich will nach diesem ganzen Blutvergießen auch noch meine Familie verlieren? Los, hoch mit dir. Wir haben noch einen langen Weg vor uns und ich sähe es gar nicht gerne, wenn uns die Orks einholen würden."

Korben goss Wasser in die Flammen und sah auf den verdutzten Elf hinab, der immer noch mit offenem Mund zu ihm hinauf sah. Korben zog ihn auf die Beine und scheuchte ihn zurück zur Brücke.

Epilog:

Eine Woche später lief eine aufgeregte Esthrid von dem Inselteil der das neue Orkdorf beherbergte, zu dem Inselteil hinüber den das Maconrudel für sich beanspruchte. Sie grüßte zu den mittlerweile bekannten Pelzgesichtern hinüber und rannte weiter zu Amilas Nest. In einem geräumigen Mangrovenkorbgeflecht, weich gepolstert mit Tölpeldaunen und Fell lag die große weiße Katze mit den hübschen Zügen und tiefgrünen Augen. Um sie herum tobten vier Katzenwelpen von der Größe eines jungen Fohlens. Zwei pechschwarze und ein blendendweißer Kater stolperten ungeschickt über- und untereinander. Das vierte Junge war eine kleine graumelierte Katze die Esthrid mit schlauen Augen neugierig ansah. Ihre Augen waren ebenso tiefgrün wie die ihrer Mutter und schon jetzt war klar, dass auch die kleine Katze eine wahre Schönheit werden würde. Ihr Name lautete Nasha und sie würde einmal die Orks und alle anderen Völker Maldorons vom vermummten Herrscher befreien, doch das ist eine andere Geschichte!

REZEPTE AUS DEM HOLZFÄLLERLAGER TALA

Das Holzfällerlager Tala im hohen Norden, kurz vor der Eisgrenze gelegen, ist wahrlich ein berüchtigtes Nest. Die einzige Straße führt von Dasia kommend über den weißen Gamarion hinweg bis zu den Ausläufern der Wolkenberge. Die abenteuerliche Strecke führt zwischen den wolkenverhangenen Gipfeln des großen und kleinen Kommuntora hindurch, direkt auf den Raben Forst zu. Die dort heimischen mächtigen Baumriesen bilden eine so beeindruckende Kulisse, dass man den kleinen Flecken am Rande der großen Oststraße leicht übersehen kann.

Tala besteht aus drei Dutzend mehr oder wenig einfach gestalteter Holzbauten, die sich um den örtlichen Krämerladen und das, im gleichen Gebäude zu findende Gasthaus drängen. Die täglich stattfindenden Schlägereien der überwiegend männlichen Bevölkerung, finden gleichberechtigt in beiden Gebäudeteilen statt. Beim samstäglichen Tanztee finden sich alle Holzfäller der Umgebung ein, die um die Hände der wenigen Damen buhlen. Als Resultat findet meist eine weitere Umdekoration der Räumlichkeiten statt.

Soviel zur Vorgeschichte. Sicherlich erwarten nun die Stars und Sternchen der synkanischen Gourmetküche ein Rezept á la man nehme...

- eine große Axt
- fälle einen Baum
- entzünde damit ein Feuer und hänge ein halbes Hamtor Schwein darüber bis es gar ist.

Mitnichten werte Leser, folgendes Menue schickte uns Garven Olm, Holzfäller und Hobbykoch aus Tala. Lassen Sie es sich schmecken!

Karotten - Lauch - Ingwer Suppe

Zutaten :
- Olivenöl (oder Pflanzenöl)
- 2 dicke Stangen Lauch
- ca. 6 große Karotten
- 1 frische Ingwerknolle
- 3-4 Knoblauchzehen
- 1 Lorbeerblatt, getrocknet
- 1-2 mittelgroße Kartoffeln
- ca. 1 Liter Gemüse- oder Geflügelbrühe
- 1 handvoll frische Petersilie oder Koriander
- Salz, Pfeffer, Zucker
- etwas Sahne oder Schmand

Zubereitung :
Lauch waschen und in dünne Ringe schneiden, dabei gerne etwas von dem Grün verwenden. Karotten putzen und in dünne Scheiben schneiden.
Ingwer und Knoblauch ebenfalls hacken. Kartoffeln schälen und in Würfel schneiden. Petersilie grob zerrupfen oder hacken, dabei auch die Stiele verwenden. Einige Blätter zum dekorieren zurück behalten.
Öl erhitzen und den Lauch mit etwas Zucker darin andünsten. Der Lauch darf dabei NICHT braun werden. Knoblauch, Kartoffeln, Ingwer und Karotten dazu geben, kurz mit andünsten lassen. Etwas Salz dazu geben und mit Brühe auffüllen. Das Lorbeerblatt hinzugeben und alles ca. 30 Minuten köcheln lassen.
Sind die Möhren weich, ist die Suppe fertig. Nun das Lorbeerblatt entfernen. Die Suppe durch ein Sieb ziehen und mit Salz und Pfeffer nach Belieben abschmecken.

Tipps:
Sollte die Suppe zu sämig sein, etwas Flüssigkeit dazu geben. Petersilie unterheben und portionieren. Nach Belieben die einzelnen Portionen mit einem Klecks Sahne/Schmand und einigen Petersilienblättern dekorieren.
Varianten :
Lassen Sie 250 ml Milch/Sahne mitkochen, um den Geschmack zu verfeinern. Die Suppe wird dadurch sättigender, genau das richtige nach einem langen Tag im Wald.
Wer etwas mehr "Biss" bevorzugt, entnimmt vor dem Pürieren etwas Gemüse und fügt es anschließend wieder hinzu. Einige kross gebratene Schinkenwürfel darüber gestreut schmecken fantastisch. Wer es gern richtig scharf mag, brät eine gehackte Chilischote mit an.

Wein -Kräuter Marinade

Zutaten :
- 1kg mageres Fleisch in Stücken (Vomma-geflügelbrust, Hamtorschweinerücken o.ä.)
- Saft einer halben Zitrone
- 1-2 Teelöffel Honig
- 2 Teelöffel Majoran, getrocknet
- 2 Teelöffel Oregano,getrocknet
- etwas Rosmarin, getrocknet oder einige frische Nadeln
- 1 Esslöffel gehackte frische Petersilie
- ca. 200ml Olivenöl
- ca. 200ml Rabati Weißwein (ersatzweise Brühe)
- Salz, Pfeffer, Zucker

Zubereitung :
Alle Zutaten mischen, Fleischstücke dazu geben und am besten über Nacht stehen lassen.
Grillen!

Tipps:
Wer mag, kann noch Knoblauch dazu geben. Ich lasse den Rosmarin weg, weil ich ihn nicht mag. Schmeckt trotzdem lecker.
Kleinere Fleischstücke kann man hervorragend auf Spieße stecken und dann grillen.

Blätterteigschnecken

Zutaten :
- Blätterteig
- Wildkräuterpesto (s.u.)
- etwas Käse, gerieben oder in Scheiben
- grobes Meersalz oder Thymiansalz
- Wasser, zum verkleben

Zubereitung :
Blätterteig, auf ein gut gefettetes Backblech ausbreiten und mit dem Pesto bestreichen, dabei an den Rändern etwa 3-4 cm frei lassen.
Mit dem Käse belegen oder bestreuen und von der langen Seite aus zu einer Rolle wickeln.
Die Enden und die lange Seite mit etwas Wasser bestreichen und den Teig so verkleben.
Die Rolle nun in ca. 2 cm breite Scheiben schneiden und die Scheiben auf ein mit Backpapier ausgelegtes Backblech legen.
Dabei etwas Abstand halten, die Schnecken gehen noch gut auf.
Nach Belieben mit Salz bestreuen und 20-30 Minuten im vorgeheizten Backofen backen.

Tipp:
Wer mag, kann auch Schinkenwürfel mit einrollen.

Wildkräuterpesto

Zutaten :

- ca. 60g (2-3 handvoll) junger Giersch oder eine Mischung aus verschiedenen Wildkräutern (Löwenzahn, Kapuzinerkresse, Rucola etc. gehen auch!)
- 2-3 Knoblauchzehen, je nach Geschmack
- ca. 40g angeröstete, gehackte Mandeln, Sonnenblumenkerne oder Walnüsse
- ca 7g geriebener Käse
- ca. 150 ml Olivenöl
- Salz, Pfeffer

Zubereitung:
Giersch und Knoblauch fein hacken und mit Käse und Nüssen in einem Mörser vermengen.
Öl dazugeben, bis die gewünschte Konsistenz erreicht ist.
Mit Salz und Pfeffer abschmecken.

Tipps:
Kräftiger wird das Pesto, in dem man die Käsemenge etwas erhöht.
In heiß gespülte Einweckgläser füllen und vollständig mit Öl bedecken. Im kühlen Keller aufbewahren!

Das Holzfällerlager Tala wünscht allen Lesern einen „Guten Appetit"!

Baok Baif

Eigentlich sollte dies eine Reportage über die Karawanenroute von Burrok in den gelben Bergen nach Zifahan werden.
Eigentlich wollte ich Ihnen die Weite und Farbenpracht der Wüste von Bashur nahe bringen und Ihnen die südliche Bauweise und Lebensart schildern.
Eigentlich wollte ich Ihnen von den exotischen Düften, den Gaumenreizenden Speisen und dem sonderbar entspannten Lebenstil der Stadt am sardonischen Meer berichten…

Aber eigentlich kam ich nur bis Baok Baif.

Wo soll ich anfangen?

Die Überlieferungen schildern uns den Landstrich zwischen den syrianischen Wäldern im Osten und dem Reserwion im Norden als üppige Hügellandschaft. Durchsetzt mit hunderten kleinen Teichen und Tümpeln, Bächen und Auen, umstanden von niedrigen Obstbäumen und Beerensträuchern; galt es Jahrhunderte lang als Obstkammer Synkanas. Seine sanften Hänge gingen im Südosten in die südliche Küstenregion, im Südwesten in die Graslande der Goblins und die Sümpfe im Delta des Falberions über. Dies war die Heimat der Auenlandorks, die im regen Handel mit den Nachbarvölkern standen.

Dies alles änderte sich schlagartig mit dem Verschwinden der Götter. Binnen Jahresfrist verdorrten die orkischen Landstriche im Herzen Synkanas und beließen dem gebeutelten Volk nur noch die Sümpfe im tiefen Süden als Rückzugsort. Aber auch das Sumpfgebiet wurde stark beeinträchtigt und erstreckte sich zuletzt nur noch zwischen den beiden Hauptarmen des Falberion. Die Zahl der Orks nahm drastisch ab. Ihrer Lebensgrundlage, des Handels, beraubt, brachen über die Jahre auch die Kontakte zu den Nachbarvölkern ab. Die Orks waren isoliert.

Mittlerweile ist uns bekannt, dass sich die Position des Trabanten veränderte. Dies, sowie der Ausbruch des Vulkans auf Thyrrus, führten zu zahlreichen Naturkatastrophen und Verschiebungen im Wettergefüge: Die Überflutung und Zerstörung von Zifahan, die Permavereisung des Nordens, rund um Benim oder die komplette Verwüstung der Drachen- und Orkgebiete, um nur einige zu nennen.

Als also unsere Karawane der Uferstraße des Resewions folgend, unter den Schatten spendenden Alleebäumen hervortrat und sich gen Süden wandte; erwartete ich die nächsten zweihundert Meilen nichts als Sand zu sehen. Farbprächtiger, sich ständig verändernder Sand, aber eben SAND. Wir erklommen die große, auf ihrer Nordseite noch grasbedeckte Düne, deren Kuppe als Scheide zwischen Wüste und Resewion diente und deren langgezogene Südseite bereits vollständig aus Sand bestehen sollte und erblickten: Grün!

Zartes Grün. Erste Spösslinge nur, aber grün! Maldoron begann sich zu regenerieren. Es würde wahrscheinlich noch Jahre dauern bis das alte Auenland wieder hergestellt war, aber es hatte begonnen. Selbst hier spürte man es bereits.

Stumm standen wir auf der Dünenkuppe und starrten auf die ehemals unfruchtbaren Weiten. Hinter uns erklangen Stimmen, die wissen wollten, warum es nicht weiter ging. Wir waren unfähig unsere Überraschung und dieses Wunder der Natur zu beschreiben. Weitere Karawanenbegleiter traten zu uns. Auch ihnen, diesen harten Männern, an Entbehrungen und schwere Arbeit gewohnt, verschlug es die Stimme.

Dieser Moment grenzenloser Ehrfurcht wird mich mein Leben lang begleiten. Ehrfurcht vor der Macht der Natur, ihrem Durchsetzungsvermögen und ihrem Willen zum Überleben. Ich dankte den Göttern, dass ich diesen beeindruckenden Moment erleben durfte und ich glaube sagen zu dürfen, dass es meinen Begleitern ebenso erging.

Ich kann mich nicht entsinnen, wie lange wir dort standen und uns nicht sattsehen konnten. Doch irgendwann siegte der Geschäftssinn der Karawanenleitung. Naobu trieb uns zum Weitermarsch an und unsere Flakuns zogen in die Weiten der Noch-Wüste hinein. Flakuns bewegen sich gemütlich und langsam. Nichts kann sie aus der Ruhe bringen, außer vielleicht eine der großen Wildkatzen oder gar ein Rock.

Die Temperaturen waren mild, fast frisch zu nennen und von den sonst allgegenwärtigen Sandstürmen konnten wir in den nächsten Tagen nicht einen einzigen ausmachen.

Das zarte Grün wurde bei jeder zurückgelegten Meile intensiver. Je weiter wir in den Südwesten vordrangen, desto dichter wurde der Bewuchs. Kleine Halme reckten ihre Spitzen in den Himmel, winzige Blätter bedeckten den Sand. Dies alles machte die Männer unruhig. Sie waren einfache Leute, an bestimmte Bedingungen gewohnt und sahen sich nun bahnbrechenden Veränderungen gegenüber, die sie selbst nicht beeinflussen konnten. Aberglaube von fliegenden Leuchtkugeln und Drachen machten die Runde. Und manch einer spuckte hinter sich, um böse Geister abzuhalten. Kurz um, Naobu und ich waren froh, dass wir bald Baok Baif erreichen sollten, um dort wenigstens eine Nacht lang, im Schutz der Ruinen, Ruhe und Frieden genießen zu können. Das würde die Männer beruhigen.

Am frühen Nachmittag des sechsten Tages kam das Sandsteinplateau von Baok Baif endlich in Sicht. Ein von jedem Lebewesen verlassenes, ehemaliges Orkdorf, dessen Ruinen den Karawanen als Futter- und Wasserlager, aber auch als Windschutz dienten. Doch was war das für ein Anblick? Erneut legte die Karawane einen unvorhergesehenen Stopp ein. Karawanenleitung, Reporter und Flakuntreiber rieben sich einhellig die Augen.

Das orangerote Plateau ragte aus einem Meer aus kleinen grünen Pflänzchen heraus. Der Baok-Bach, seit Jahrhunderten eine Legende, tröpfelte aus der Höhe herab und wurde in einem hölzernen Bassin aufgefangen. Einige Dutzende Meter entfernt hatte jemand Mutterboden aufgeschüttet. Daneben befanden sich einige Felder, die zum Teil bereits das satte Braun des fruchtbaren Bodens trugen. Auf einem der Felder hatte man bereits einige Setzlinge eingepflanzt, ein wildes Durcheinander diverser Arten, so schien es zumindest aus der Distanz. Was ging hier nur vor?

Meine vor Freude tränenden Augen glitten zum Dorf selbst hinauf, auch hier zeigten sich Veränderungen. Der eingestürzte Turm, das Wahrzeichen von Baok Baif war wieder errichtet worden. Noch vor Wochen waren lediglich das Erdgeschoss und ein Teil der ersten Etage begehbar gewesen. Die zweite Etage und das Dach waren bereits vor Jahrzehnten den Elementen zum Opfer gefallen. Nun jedoch erhob er sich in alter Höhe über dem Plateau. Auf seiner Spitze prangte die grüne Flagge der Orks.

Wir schüttelten Überraschung und Unglaube ab und eilten dem Dorf entgegen. Man hatte uns von dort bereits ausgemacht, so dass wir Baok Baif durch ein Spalier jubelnder Orks betraten, die uns herzlich begrüßten. Die Straßen waren vom Schutt und Sand der Jahre befreit. Doch der Turm war das einzige Gebäude, das bis jetzt wieder vollständig rekonstruiert worden war. Er diente zurzeit als Lagerraum und bot den rund fünfundvierzig Orks bei aufkommenden Sandstürmen als Notunterkunft. Letztere waren in den letzten Wochen zur Rarität geworden und in der Regel kampierten die Männer und Frauen unter freiem Himmel. Zwischen den Mauern des Ruinendorfes lugten Decken- und Kleiderbündel hervor. Dieser Eindruck genügte mir. Spontan entschied ich zu bleiben und der Sache auf den Grund zu gehen. Ich würde mich der Karawane auf dem Rückweg nach Burrok wieder anschließen, denn dies versprach eine interessante Geschichte zu werden.

Die nächste Hürde bestand darin, die Genehmigung der Orks zu erlangen. Man verwies mich auf Temsa. Sie war die rechte Hand von Kasuf, einem ehemaligen Hauptmann der Orkmiliz und gegenwärtiges Oberhaupt von Baok Baif. Temsa war eine wirklich harte Nuss; kampfgestählt und mit granitenen Nerven. Sie machte mir mehr als deutlich klar, wer auf diesem Plateau das Sagen hatte. Gleichzeitig Kasuf bedingungslos ergeben, willigte sie nach zähen Verhandlungen ein, mir den Verbleib in Baok Baif unter Auflagen zu gestatten. Auch ein Gespräch mit Kasuf wurde mir widerwillig zugestanden.

Zunächst suchte ich mir eine windstille Lagerstatt in einer der Ruinen, anschließend sondierte ich die Lage. Der Ort bestand aus einigen aufrechtstehenden Ziegelsteinmauern, einem notdürftig hergerichteten Schuppen und einem Haufen Schutt. Auch wenn die Straßen geräumt waren, lag noch genug Geröll herum. Hier wartete noch eine Menge Arbeit.

Den Schuppen hatten die Karawanenbegleiter errichtet, welche diesen als Notlager für Wasser und Futter nutzen. Er war von den Orks nicht angetastet worden. Man legte großen Wert auf ein friedliches Miteinander. Vielleicht würde man über einen anderen Stadtort nachdenken müssen, wenn der Ort wuchs. Vielleicht erübrigte er sich auch ganz, wenn Baok Baif wieder erblühte. Eins jedoch war klar: Ein aufstrebendes Baok Baif benötigte die Karawanen und die Karawanen einen geschützten Rast- und Lagerplatz. Eine Hand wäscht die andere.

Das Zusammentreffen beider Gruppen am Lagerfeuer war jedenfalls von friedlicher und amouröser Natur. Knollen lagen zwischen glühendem Feuerholz, darüber drehte sich zur Feier des Tages ein halbes Cebiwe. Naobu, der Karawanenleiter, spendete ein Fässchen scharfen Schnaps aus seinem Privatbestand.

Nach dem Essen, als das Lagerfeuer zum einzigen Lichtfleck innerhalb vieler dutzend Meilen völliger Dunkelheit wurde, hoben die Flakuntreiber zu Gesängen an. Erst melancholisch, dann feuriger, proportional zum verkonsumierten Schnaps. Freudig stimmten einige Orks mit ein, andere sprangen auf die Beine und tanzten in einer komplizierten, verschlungenen Schrittfolge um das Feuer herum. Ganz wie in alter Zeit kehrte das Leben nach Baok Baif zurück.

Gegen Mitternacht zog ich mich zurück, doch im Hintergrund ertönten noch lange die Klänge von Flöten, improvisierten Trommeln und Rasseln.

†

Der nächste Tag begann für mich vor dem Morgengrauen. In Ermanglung eines Hahnes, schlug der Lagerkoch mit einer metallenen Suppenkelle enthusiastisch gegen eine ebensolche Pfanne. Das nervenzerfetzende Geschepper hätte selbst Tote aufgeweckt und traf allgemein auf wenig Gegenliebe. Müden Geistern gleich erhoben sich Orks und Flakuntreiber von ihren Decken und torkelten zur Wasserwanne, um den schnapsschweren Kopf darin zu versenken, bevor Temsa zu genau hinsah.

Das Frühstück war einfach, aber nahrhaft. Der dazugehörige Cappusch hätte die oben erwähnten, bereits erweckten Toten stramm stehen lassen. Rücken streckten sich, Köpfe hoben sich, letzteres allerdings mit schmerzverzerrten Gesichtern. Naobu trieb seine Männer breit grinsend an, die sich eifrig daran machten die Flakuns für den Abmarsch nach Zifahan zu beladen. Keine Stunde später erfolgte die Verabschiedung aus Baok Baif unter großem Geschrei und den besten Wünschen.

Leider bekam ich davon nicht allzu viel mit, denn kaum hatte ich meine Tasse Cappusch geleert, begannen die von Temsa angekündigten „Auflagen".

„Kein Herumlungern! Für's Essen wird gearbeitet und zwar hart. Wir sind hier kein „Mädchenpensionat", sondern bauen hier eine Stadt auf. Das bedeutet: Termine, Termine, Termine. Mach dich nützlich, steh nicht im Weg rum und höre auf das was man dir sagt!" Das waren ihre genauen Worte.

Nun gut...ich hatte gegessen, nun also an die Arbeit. *„Das bisschen Aufbauen machen wir doch mit Links!"*, dachte ich mir...

†

Im Nordosten, wo das Plateau gemächlich in Hügelland überging, hatten sich vor Jahrhunderten einige der zahllosen Seen des Auenlandes befunden. Dort, nur einige hundert Schritte von Baok Baif entfernt, hatte man den Sand abgetragen und den harten Erdboden freigelegt. In mühevoller Arbeit war dort eine Lehmgrube errichtet worden.

Die sich mittlerweile über Nacht in den Kuhlen niederschlagende Feuchtigkeit ermöglichte es, jeden Tag eine kleine Menge des steinharten Lehmbodens zu befeuchten und abzutragen. Das Material reichte aus, um mehrere Dutzend Ziegel erstellen zu können. Es war eine mühselige Arbeit. Demzufolge würde der Aufbau von Baok Baif nicht über Nacht erfolgen, aber die Orks machten das Beste daraus.

Eine Gruppe von zehn Orks war damit beschäftigt die feuchten Lehmschichten abzutragen, zu einer einheitlichen Masse zu verarbeiten oder in Ziegel zu pressen. Die ebene Fläche neben der Grube war bereits zu einem guten Teil mit ordentlichen Ziegelreihen gefüllt, die in der Sonne zum Trocknen auslagen und stündlich wurden es mehr. Neben Ziegeln entstanden auch Schindeln, welche die neuen Gebäude Baok Baifs vor Sand, Wind und Feuchtigkeit schützen sollten. Aber auch bei Ihnen stand der eigentliche Brennvorgang noch aus.

Der Ofen, den man am linken Rand der Grube erbaut hatte, war riesig. Die quadratische Brennkammer maß fünf mal fünf Meter und war mindestens sieben Meter hoch. Ein zehn Meter hoher Kamin ragte in den stahlblauen Himmel hinauf, ganz als wolle er dem Baok Turm Konkurrenz machen. Er diente als Abzug und thronte mittig auf dem Gebäudekoloss. Dieses riesige Ding konnte nur befeuert werden, wenn die ausgeschickten Orktrupps ausreichend Holz aus den einige Tagesmärsche entfernten Wäldern herabschleppten. Gleiches galt für das zum Bau benötigte Holz. Eine nur teilweise mit Querstreben versehene Dachkonstruktion sprach Bände über die dramatische Holzknappheit. Ebenso wie die anderen Rohbauten im Lager.

Gnetara, eine stämmige kleine Ork, sie hatte die Aufsicht über die Lehmgruben, berichtete mir, dass fünf Männer nichts anderes zu tun hatten als Holz aus den syrianischen Wäldern im Osten heranzuschaffen. Hinfahrt, Bäume fällen, Rückfahrt, …immer wieder und trotzdem reichte dies nicht aus. Auch der Konvoi aus den Sümpfen brachte zusätzliches Holz mit. Aber es wurde einfach an zu vielen Stellen gebraucht. Feuerholz für die Küchenfeuer und Brennöfen, Bauholz, flexibles Weidenholz für Tragekörbe und Zäune.

Alles was den Orks an Material zur Verfügung stand, wurde zur Dorfmitte gebracht und an den dafür vorgesehenen Plätzen abgeladen. Hier fand man Werkzeuge, Ziegel, Holz, Kies, Steine, Schindeln und den unvermeidlichen Sand. In einem Verschlag, der vor Nässe schütze, lagerten auf Böcken Säcke mit Hanf, Wolle, Kohle und Kalk. Acht Orks waren für den Transport der Waren eingeteilt worden. Im steten Rhythmus pendelten sie zwischen der Grube sowie anderen Produktionsstätten und dem Dorfplatz hin und her. Von der Sammelstelle aus erfolgte die Verteilung auf die einzelnen Baustellen.

Im Materiallager waren zwei weitere Oks bemüht, dem ständigen Fluss von gebrüllten Anweisungen zu folgen, der sich aus Temsas Mund ergoss. Mit Klemmbrett und Griffel bewaffnet stand sie in der Mitte des Platzes und behielt sämtliche Warenbewegungen im Auge. Wie ein General eine Schlacht, dirigierte sie den Tanz der Güter. Es war beeindruckend. Allerdings blieb ihr Gesichtsausdruck unverändert streng. In ihren grünen Augen schimmerte eine Wildheit, die mich dazu veranlasste schnellstmöglich um die nächste Ecke zu biegen. Ich wollte ihren Unmut nicht mehr als nötig auf mich ziehen.

Der einmal eingeschlagene Weg führte mich durch eine Gasse, in der die rege Bautätigkeit der Orks bereits erste Erfolge zeigte. Bei einem geräumigen Wohnhaus hatte man die Arbeiten an den Grundmauern bereits vollständig abgeschlossen. An Hand der Farbe der Ziegel erkannte ich, dass einige der Wände vollständig neu hatten errichtet werden müssen. Die Wände, die man noch hatte retten können, waren ausgebessert und die obersten, von Sand und Wind abgeschliffenen Reihen durch neue Ziegel ersetzt worden. Sie würden die Wände kalken müssen, um die sich durchziehenden Linien verblassten Tons verdecken zu können. Doch dies war Zukunftsmusik. Zunächst musste Wohnraum geschaffen werden.

Durch die Fensterluken erkannte ich einige Orks die mit zwei innen liegenden Mauern beschäftigt waren. Noch ein Tag Arbeit, dann wäre auch hier ein Dachstuhl fällig. Das Haus gegenüber besaß bereits einen solchen, allerdings war er nur zur Hälfte gedeckt. Der Dachdecker lehnte an einem der tragenden Balken und genoss einen tiefen Schluck aus seinem Wasserschlauch. Er hatte den Materialkorb an einer Seilwinde auf die Gasse hinab gelassen und wartete augenscheinlich auf Nachschub vom Dorfplatz. Er bemerkte meinen neugierigen Blick und winkte freundlich zu mir hinab. Zu einem Schwätzchen kam es allerdings nicht, denn in diesem Moment bog einer der Lastenträger mit einem Handkarren voller Ziegel um die Ecke und beschwerte sich lautstark über Temsa, die alle unermüdlich zur Arbeit antrieb.

Da sich die beiden Orks nun lebhaft gegenseitig ihr Leid klagten, wandte ich meine Aufmerksamkeit der bereits fertiggestellten Haushälfte zu. Dort hatte der Schmied Quartier und Werkstatt bezogen und versorgte Baok Baif mit allen benötigten Metallwaren. Scharniere, Bolzen, Metallbänder und eiserne Reifen lagen in Kisten bereit. Werkzeuge, in verschiedenen Stufen der Fertigstellung, lagen ordentlich aufgereiht in den Regalen. Eine geräumige Kiste für Kohle stand im hinteren Teil der Werkstatt, auch wenn nur noch wenige Brocken den Boden bedeckten. Daneben waren verschiedene Metalle aufgeschichtet, teils in Barren, teils in halbrunde Laibe gegossen. Den Hauptteil des Raumes wurde jedoch von der Esse mit dem großen Blasebalg, drei verschiedenen Ambossen und dem großen Wasserbottich eingenommen.

An diesem Tag war die Esse kalt, denn auch der Schmied wartete auf Nachschub. Der Mann überbrückte die Zeit und machte sich an einigen Kisten zu schaffen, die entlang der rechten Wand aufgereiht standen. Er erklärte mir, dass er mit dem letzten Wagenzug aus den Sümpfen eingetroffen war und nun die Zeit nutzte seine restlichen Werkzeuge und Materialien auszupacken. Er äußerte sich begeistert über die Chance Baok Baif wieder aufzubauen und malte mir den Aufstieg des Dörfchens in den blühendsten Farben aus. Wenn alle neuen Bewohner diese Begeisterung und Opferbereitschaft an den Tag legten, dann hatten Temsa und Kasuf die Richtigen gefunden. Diese Männer und Frauen würden nicht beim ersten Sandsturm davon laufen. Sie würden um jeden Quadratzentimeter ihrer alten und auch neuen Heimat kämpfen. Ich empfahl mich dem Schmied und überließ ihn seiner Arbeit.

Das nächste Gebäude war noch eine Ruine, lediglich zwei rudimentäre Mauern standen noch, im rechten Winkel aneinander geschmiegt. Trotzdem gab es hier bereits Bewohner. Bakinta, die Korbflechterin hatte den „Raum" von

Sand befreit und ihre Habseligkeiten in der geschützten Ecke gelagert. In der Mitte des Areals stand ein großes Tauchbecken, an dessen langen Seite sich sauber gestapelte Bündel Weidenzweige und einige Dauben reihten.

Bakinta selbst saß im Schneidersitz auf dem Boden und arbeitete an neuen Körben für das Materiallager. Sie unterbrach ihre Arbeit und drückte seufzend ihren Rücken durch, erfreut über eine ablenkende Störung. Stolz zeigte sie mir ihren soeben fertig gestellten Tragekorb. Sobald der Sattler eintraf, würden zwei Riemen das Werk vervollständigen und man würde es bequem auf dem Rücken tragen können. „Temsa war begeistert über diese Konstruktion.", sagte sie mit einem kecken Augenzwinkern. „Dann haben die Träger die Hände frei und können mehr Material mitnehmen."

Neugierig betrachtete ich das sauber gearbeitete Tauchbecken. Bakintas Mann Eigan hatte es gebaut, ebenso wie den Bottich des Schmieds. Eigan war von Beruf Böttcher und würde diesen Beruf auch weiterhin ausführen; sobald die Werkstatt vollständig errichtet und genug Material für diese Art Arbeiten zur Verfügung stand. Seine Sägebank und der Zuschneidetisch waren noch von einer großen Plane gegen Sand geschützt und wurden nur hervorgeholt, wenn jemand Bedarf an Eigans Waren anmeldete. Andere Möbel gab es noch nicht, denn der Tischler war bereits mit den Dutzenden neuen Dachstühlen überfordert.

Freundlich erkundigte ich mich bei Bakinta, was ihr Mann denn in der Zwischenzeit tun würde. Die Ork lachte schallend: „Oh keine Angst, Temsa hat das voll im Griff. Das läuft in etwa so: Du machst Fässer? Also arbeitest du mit Holz! Da drüben ist ein Gebäude, das braucht einen Dachstuhl, du hast zwei Minuten Zeit da hoch zu kommen und anzufangen. Horken, der Tischler wartet bereits auf dich." Wie die Unterwelt es wollte, erklang genau zu diesem Zeitpunkt Temsas Stimme hinter uns auf der Gasse und wir zuckten synchron zusammen. Die resolute Ork hatte das lamentierende Grüppchen aus Dachdecker und Träger entdeckt und zog ihnen lautstark die Ohren lang. Genau der richtige Moment um Land zu gewinnen und so schlüpfte ich zwischen zwei Mauerlücken hindurch auf die nächste Gasse.

Mein Weg führte mich weiter zu den Feldern im Süden. Die Leistungen der Orks waren auch hier beachtlich. Dafür, dass das Land bis auf ein erstes zartes Grün noch nicht viel hergab, hatten sie Erstaunliches geleistet. Zunächst warf ich einen Blick auf die Höhle unterhalb des Plateaus. Hier, an seiner höchsten Stelle, neigte sich der Hügel nach innen und schuf eine Art Bucht. Ein munteres Rinnsal tropfte hoch droben über die sandsteinfarbene Klippe und sammelte sich in einem großen, hölzernen Bassin direkt vor dem Höhleneingang. Vermutlich ebenfalls ein Werk Eigans. Rechts und links davon hatte man Gestelle errichtet, die sich terrassenförmig an die Felswand lehnten. An die zweihundert aus Stein gehauene Pflanzkästen, aus denen aberdutzende Arten von Setzlingen ihre vielfarbigen Blätter in das Tageslicht hielten, standen dicht an dicht. Dies war die Setzlingszucht von Baok Baif.

Um in die Höhle zu gelangen, durchschritt ich einen feinen Nebel aus winzigen Wassertropfen. Es war eine Wohltat, das kühle, erfrischende Nass auf dem Gesicht und den Armen zu spüren. Ich wunderte mich dass die Orks nicht Schlange standen, um sich zu erfrischen. Aber wahrscheinlich lag das an Temsa.

Von der Feuchtigkeit umhüllt, trat ich durch eine schmale Kluft bis sich endlich vor mir eine weitläufige Halle auftat. Sie diente als Lager für all die Materialien und Werkzeuge, die zur Feldarbeit von Nöten waren. Leere Setzkästen standen neben Säcken mit Saatgut. Schaufeln, Hacken und Setzeisen fanden hier ebenso ihren Platz, wie Jutebahnen und Bast. Nichtsdestotrotz handelte es sich hier um ein Provisorium. Sollten sich die Niederschläge in der Wüste weiter verbessern, würde das Rinnsal zu einem Bach anschwellen und der Baok Fall wieder zu dem werden, als was ihn die Legenden bezeichneten: Beeindruckend! Die Höhle wäre nicht mehr zugänglich und würde zudem auch noch unter Wasser stehen. Nach diesem Blick in die Zukunft wandte ich mich lächelnd ab und sah mir die Felder genauer an.

Man hatte bereits einen Teil des ehemaligen Bachbetts, wie auch eine Fläche von rund zweihundert Quadratmetern zu beiden Seiten, vom Sand befreit. Die lästigen Körner waren, wie bei einem Deich, am Rande des Areals aufgeschichtet und mit Salzgras bepflanzt worden. Die genügsame Pflanze mit den grazilen, gelben Halmen stammte von den sandigen Stränden der Südküste und schien sich in seiner neuen Umgebung wohl zu fühlen. Ihre weit verpflochtenen Wurzeln banden den Sand und verhinderten so, dass die Felder erneut in den Massen versanken. Der Boden des geplanten Ackerlandes musste von den Jahren der Dürre knochenhart gebacken gewesen sein und das Pflügen hatte dem Feldpersonal ohne Zweifel einige Liter Schweiß gekostet. Doch am Willen eines Orks ließ sich Stahl verbiegen. Sie wollten Baok Baif wieder besiedeln! Und sie würden es tun!

Es mussten Dutzende Wagenladungen von Mutterboden aus den fruchtbaren Gebieten heran geschafft worden sein und viele würden folgen müssen, um ein ganzes Dorf ernähren zu können. Ein kleiner Teil des Areals war bereits mit dem dunkelbraunen Exportgut bedeckt worden. Knollen, Getreide und Lauch zeigten ihre ersten, zarten Triebe. Die Felder wuchsen täglich. Je mehr Wasser sich ansammelte, umso mehr Pflanzen konnten bewässert werden.

An diesem Punkt angelangt erwischte mich Temsa am Schlafittchen. Ob ich ihre Worte bezüglich „Herumlungern" vergessen hätte, fragte sie mich mit in den Hüften gestemmten Händen. Ihr Gesicht machte deutlich, das es sich hierbei um keine rhetorische Frage handelte. Bevor ich mich versah, befand ich mich mit je einem leeren Eimer in jeder Hand auf dem Weg zum Auffangbassin.

Das Bassin und ich entwickelten in den folgenden Tagen ein recht inniges Verhältnis. Wir sahen uns öfter, als ich meine liebe, alte Mutter in meinem Leben zu Gesicht bekommen habe. Vom ersten Tageslicht bis die Sonne unterging schleppte ich Eimer zu den Feldern. Dies gab mir die seltene Gelegenheit die Wasserstände beobachten zu können. Jeden Morgen stand der Pegel zehn Eimerfüllungen höher als am Tag zuvor. Am dritten Tag meiner Bewässungsarbeit trat das Wasser zum ersten Mal über den Rand des Bassins und ergoss sich in einem winzigen Rinnsal, entlang des alten Bachbetts. Dieser Vorfall führte zu einem wahren Volksauflauf. Selbst Temsa eilte herbei.

Es war einer der berührendsten Momente, die ich in diesem Dorf erleben durfte. Diese stahlharte Frau, Kämpferin in diversen Schlachten gegen die thyrriannischen Eroberer und stellvertretende Hauptfrau einer Guerillagruppe, lag schluchzend in meinen Armen. Sie heulte sich die Seele aus dem Leib, weil ein wenig Wasser über einen Beckenrand trat und nach wenigen Zentimetern im Sande verlief. Es war toll! Nun, zumindest war es toll bis es Temsa bewusst wurde was sie da tat. Das Ergebnis für mich waren eine nasse Schulter und gekürzte Rationen wegen Herumlungerns im Wiederholungsfall.

Wie dem auch sei, die harte Arbeit lohnte sich. Die Pflanzen wuchsen und gediehen. Das Bächlein erkämpfte sich jede Stunde einige weitere Zentimenter Wüste. Ich war froh. Nun, sagen wir der größte Teil von mir war froh. Meinen Armen missfiel diese doch sehr eintönige Arbeit zunehmend.

†

Am fünften Tag hatte Temsa ein Einsehen und bewilligte mir einen „freien Tag" bei den Herden. Nach meiner anfänglichen Freude fand ich schnell heraus, dass ich nun anstelle von Wassereimern Heu schleppte. Als dies erledigt war transportierte ich Dung von den Ferchen und Koppeln zu den Feldern. Temsa fand dies zweifellos amüsant.

Ich lernte, dass der Begriff „Herde" sehr optimistisch ausgedrückt war. In einem Pferch stand ein knappes Dutzend wilde Flakunstuten. Drei davon hatten ihre Jungen dabei, die sich eng an ihre Mütter schmiegten und irritiert die sie umgebenden Gatter beäugten. Nun sind Flakun herausragende und unermüdliche Läufer, mit dem Klettern und springen haben sie es jedoch nicht. Zwei Querbalken als Zaun reichten aus, um die Tiere im Inneren festzuhalten. Im Pferch daneben befand sich ein Bulle. Der imposante Kerl zeigte wesentlich mehr Interesse an den Stuten als an seiner Freiheit und posierte mit geschwollener Brust.

Murhom, der Verantwortliche für die Herden, erklärte mir, dass sie den zahmen Bullen mit in die Wüste gebracht hatten. Zunächst hatte er beim Pflügen der Felder geholfen und sollte danach bei den Transporten einen der Karren ziehen. Wie sich jedoch herausstellte, war er wesentlich besser dazu geeignet, wilde Stuten anzulocken. Die Damen waren so neugierig, dass manche von ihnen sogar bis ins Lagerinnere hinein kamen um den „Neuen" zu sehen. Andere hielten sich in der Nähe auf und mussten lediglich eingesammelt werden.

Weiter hinten sah ich zwanzig Hamtorschweine. Die meisten von ihnen hatten sich im Schatten einer Düne versammelt und lagen dort kreuz und quer übereinander. Ein dicker Eber wälzte sich hingebungsvoll im Sand, umgeben von fünf aufgeregten Ferkeln, die munter quiekend Fangen spielten. Der Eber grunzte verärgert, erhob sich so würdevoll wie es sein langes, sandbedecktes Haar zuließ und beäugte seine Rasselbande misstrauisch. Die Kleinen ließen sich nicht beirren und fegten unter ihm hindurch auf den Schatten zu. Fast konnte ich einen, allen Rassen angeborenen, elterlichen Stoßseufzer vernehmen und musste schmunzeln.

Als nächstes erstreckte sich zu meiner Rechten eine leerstehende Koppel. Auf meine Frage hin, erklärte mir Murhom, dass hier die Last- und Zugtiere des Trosses untergebracht wurden, wenn sie sich in Baok Baif aufhielten. Weiter ging es zu einer mit Netzen gesicherten Bodensenke und dem darin untergebrachte Vomma-Geflügel. Ich hatte das nervöse Gegacker schon vor einer Weile vernommen, aber die Ursache nicht ausmachen können. Nun wusste ich Bescheid.

†

Am sechsten Tag wurde ich dem Jagdtrupp zugeteilt. Wie sich schnell herausstellte, war ich vom geborenen Jäger weit entfernt. Zunächst erheiterte ich meine Kollegen, indem ich es aus irgendeinem Grund fertig brachte, mich in der vermaledeiten Sehne meines Orkbogens zu verheddern. Ich war schon dem Erstickungstode nahe, da eilte Ksaal auf mich zu. Mit einem beherzten Schnitt seines Jagdmessers durchtrennte er die Sehne und ließ die Luft erneut in meine Lunge strömen. Man kam überein, dass ich mit dem Bogen eine größere Gefahr für mich selbst darstellte als für meine potentielle Beute und drückte mir einen Speer in die Hand. Dies wäre die einmalige Gelegenheit gewesen, einen Tag ohne die Schelte von Temsa zu erleben, wäre mir der Schaft nicht immer zwischen die Füße gefahren. Auf dem Weg vom Dorfplatz zum Dorfrand lag ich drei Mal im Dreck und das Brüllen der Orkfrau hallte mindestens bis nach Zifahan hinab. Wenn ich die Worte richtig verstand, gab sie dem Jagdtrupp den Befehl mich beim nächsten blühenden Kaktus auszusetzen. Allerdings bin ich mir nicht ganz sicher, ich war zu sehr damit beschäftigt meine Beine zu sortieren und mich dabei nicht gleichzeitig selbst aufzuspießen.

110

So trottete ich betrübt hinter den Jägern her, zum Träger degradiert. Allerdings konnte ich mir so die Landschaft genauer ansehen. Die wenigen Tage, die ich in Baok Baif verbracht hatte, hatten ausgereicht das Grün dichter und höher wachsen zu lassen. Missverstehen Sie mich bitte nicht, wir reden hier nicht von dschungelartigen Verhältnissen, sondern von Millimetern zartesten Grüns. Trotzdem: Ein herrlicher Anblick in einer Gegend, die seit Generationen nur ein halbes Dutzend Kakteen pro Quadratmeile gesehen hat.

Während meine Augen sich nicht satt sehen konnten, entdeckte ich Hufspuren, die sich am Wegesrand auftaten. Ich winkte Ksaal herbei, der sich resigniert erkundigte, was ich nun wieder angestellt hatte. Sein Missmut wandelte sich als er die Spuren auf die ich deutete genauer unter die Lupe nahm. Seiner Kehle entrann ein Zwitschern, das mit einem spitzen, lang gezogenen Pfiff endete. Der Lockruf des Sumpfrohrpfeifers, wie er mir erklärte, während unsere Kollegen den Weg zurückgeeilt kamen. Lautes Brüllen hätte das potentielle Wild natürlich nur unnötig verschreckt, das war selbst einem Laien wie mir klar. Aufgeregt begaben wir uns auf die Pirsch.

Lange Rede, kurzer Sinn; wir konnten keine weiteren Flakun finden aber die Orks erlegten ein prächtiges Ukal. Die knapp zwei Meter große Wüstenziege machte es uns Verfolgern dabei nicht leicht. Trotzdem stellten wir sie in einem Kakteenfeld und die erfahrenen Sumpfjäger machten kurzen Prozess. Während die Männer das Tier ausnahmen und die Reste verscharrten, pflückte ich reife Kaktusfeigen. Meinen Tragesack bis zum Rand damit gefüllt und die Ziege als Hauptgericht… das Abendessen war gesichert!

Ksaal machte am abendlichen Feuer einige lobende Bemerkungen in meine Richtung, was mir einen kurzen, anerkennenden Blick von Temsa einbrachte und mir die Schamesröte ins Gesicht trieb. Einige der Jungs kamen an mir vorüber und schlugen mir wohlwollend auf die Schultern. Ein angenehmes Gefühl ein Teil der Gemeinschaft zu sein. Wundersamerweise konnte ich in jener Nacht besonders gut schlafen.

†

Der siebte Tag bot ein besonderes Ereignis. Kasuf kehrte mit einem Konvoi aus den Sümpfen zurück, was die Einwohnerzahl von Baok Baif nahezu verdoppelte. Eine lange Reihe von Karren näherte sich von Westen her. Gezogen von Vierer- und Sechsergespannen kleiner Esel rumpelten Wagen, voll beladen mit Holz, Kohle, Mutterboden, Heu, einige wenige Erze, Fässern, Gläsern und Säcken an mir vorbei. Kasuf und drei Bewaffnete ritten dem Tross voran, vier weitere Orks bildeten die Nachhut. Die Wagen selbst waren lediglich mit jeweils einem einzigen Lenker besetzt. Die Ausnahme bildete ein Karren auf dem sich drei Orks mittleren Alters befanden. Dieser Karren war mit einer Egge, einem Pflug, sowie zahlreichen anderen Utensilien beladen, die zu einem guten Bauern gehörten. Hier schien soeben das Fachpersonal für die neuen Felder einzutreffen. Ich nahm beim Empfang der Karawane winkend teil, der von vielen munteren Worten begleitet wurde. „Da kommen die Urlauber", rief jemand lachend hinter mir. Von links ertönte lauter Jubel, gefolgt von den Worten: „Endlich kommen die Faulenzer zurück, lassen uns hier einfach alleine schuften! Hattet ihr einen vergnüglichen Ausflug ihr Rumtreiber?"
„Als ob ihr in unserer Abwesenheit gearbeitet hättet!", tönte es gut gelaunt aus dem Konvoi zurück. Nun lachten alle und man schlug sich gegenseitig zum Willkommen auf die Schulter. Es ging hoch her und der Abend erschien verheißungsvoll.

Mit Notizblock und gespitztem Griffel erschien ich nach getaner Arbeit am Feuer. Voller Erwartung und Ungeduld auf neue Geschichten und Anekdoten. Sehr zu meinem Erstaunen verlief das Essen jedoch ruhig. Kein Instrument erklang, keine wilden Tänze folgten, kein kameradschaftliches Gezänk machte die Runde. Alle meine Ansprechpartner zeigten sich wenig kommunikativ. Jeder einzelne war beschäftigt. In kleinen Gruppen saßen sie mit den Neuankömmlingen zusammen und besprachen sich leise. Papiere wurden hin und her gereicht. Zahlreiche Zeichnungen zierten den sandigen Boden, wurden korrigiert, weggewischt, neu gezeichnet. Einige Freunde winken mir traurig zu, bevor sie sich wieder ihren Aufgaben zuwandten. Was ging hier vor? Am nächsten Morgen sollte ich es erfahren.

†

Neue Gesichter zeigten sich bei bereits bekannten Arbeiten. Die Lehmgrube, die Baustellen, die Felder und Koppeln, selbst die Jagdtrupps wurden neu zusammengestellt. Zur achten Stunde wusste ich auch warum. Die nächste Karawane stellte sich auf. Unter der Leitung von Temsa machten sie sich mit leeren Wagen auf den Weg nach Westen. Ein Wagen jedoch war mit Schotter, Steinplatten und Werkzeug gefüllt. Immer neue Rätsel taten sich mir auf.

Ich fühlte mich verlassen. All die bekannten Gesichter waren fort. Temsa, Murhom, Ksaal …meine Stimmung verdüsterte sich zusehends. Aber ich raffte mich auf, besann mich auf meine heutige Aufgabe und schlenderte zur Farm hinab. Zumindest würde sich für mich eine Gelegenheit ergeben mich ausführlich mit den neuen Bauern zu unterhalten.

Orm, Jennar und Lamskar hatten wie alle anderen Neubürger von Baok Baif in den letzten Jahren im orkischen Widerstand gegen die thyrriannischen Besatzer gekämpft. Davor waren sie Bauern gewesen. Vor dem Fall von Somfren vor knapp sechzehn Jahren hatten sie die Randbezirke zum Grasland besiedelt. Erst die Anordnung aus Thyrrus, sämtliche Orkdörfer und ihre Bewohner zu vernichten, ließ damals alle verbleibenden Orks in die Nebel der Sümpfe flüchten. Viele dieser zerstörten Orte wurden nun wieder aufgebaut. Baok Baif jedoch war eine besondere Herausforderung und der wollten sich die drei Männer stellen.

Sie waren erfahren in der Bestellung unwirtlicher Landschaften und hatten Temsa und Kasuf klare Anweisungen für die Vorarbeiten mitgegeben. Nun sollte es ans Eingemachte gehen. Die Felder mussten zusätzlich zu den Dünen mit Stein- und Ziegelmauern gegen Sand und Wind gesichert werden. Ein netter Nebeneffekt war, dass auch der mühsam herbeigeschaffte Mutterboden an Ort und Stelle blieb und nicht verwehte. Orm machte sich sofort daran einige Männer für die Arbeiten heranzuziehen. Mit Stecken und farbigem Leinen wurden die entsprechenden Bereiche abgesteckt. Der Bauplatz für eine Scheune in der Nähe der Felder wurde ebenfalls markiert. Sie sollte das Saatgut, die Materialien und Werkzeuge aufnehmen, sobald der Baok Fall den derzeitigen Lagerort in der Höhle unzugänglich machte.

Jennar machte sich mit einigen Freiwilligen daran, große Masten tief in die steinharte Erde zu treiben. Diese schweißtreibende Arbeit würde in den nächsten Wochen ein System aus Laken und Leinen entstehen lassen, welches die zarten Pflanzen vor der unerbittlichen Sonnenstrahlung schützen sollte. Zwei Wagen, angefüllt mit Masten und großen Planen, waren Teil des Konvois gewesen und weitere würden folgen. Diese Orks meinten es ernst!

Lamskar besah sich in der Zwischenzeit die versuchsweise ausgesetzten Setzlinge. Mit Klemmbrett und Griffel ausgestattet, folgte ich ihm auf dem Fuße und notierte seine Anmerkungen zu den einzelnen Pflanzen. Nach Rücksprache mit seinen Kollegen, entschied er welche Pflanzen sich für die weitere Kultivierung eigneten. Knollen, Lauch, Karotten und Knoblauch zeigten beste Ansätze. Erbsen, Bohnen und verschiedene genügsame Salatsorten kamen ebenfalls in die engere Wahl. Die gepflanzten Getreidesorten machten Lamskar Sorgen, hier würde man in den nächsten Monaten, vielleicht sogar Jahren von Lieferungen aus dem Umland abhängig sein. Klee und Löwenzahn hingegen gediehen gut und würden die wachsenden Herden ernähren können bis die Flora des Umlandes üppiger und eine Weidehaltung möglich wurde.

Nachdem er seine Auswahl getroffen hatte, schickte er einige Helfer an die Ansatzbehälter. Neue Setzlinge mussten her und dieses Mal in größeren Mengen. Er besah sich die Arbeiten seiner neuen Kollegen genau, korrigierte und zeigte einfachere Handgriffe. Er war ein ruhiger, gemächlicher Mann, zwar wortkarg, doch immer freundlich. Man konnte sich kaum vorstellen, dass dieser Ork in den Tagen des Krieges ein so unerbittlicher Kämpfer gewesen sein sollte. Fast zärtlich hantierte er mit allem was Blätter und Wurzeln hatte. Ich folgte ihm eine ganze Weile und staunte über den Sachverstand den er an den Tag legte. Als alle Arbeiten soweit verteilt waren, nahm er mich mit zu den Klippen des Plateaus; an denen sich jetzt noch die Ansatzkästen in langer Reihe dahinzogen. Er untersuchte das Gestein und brummte zustimmend. Anschließend prüfte er den Stand der Sonne und erklärte an Hand dessen Verlauf, dass hier zukünftig durchaus Wein wachsen könnte. Vielleicht sogar Hopfen. Es würde sich zeigen. Er wies mich an, eine entsprechende Notiz für Kasuf zu erstellen, damit dieser beim nächsten Konvoi einige Pflanzen für Versuchszwecke einplante.

Der Tag verging schnell und brachte viel harte Arbeit mit sich. Als ich am Abend erschöpft unter meine Decke schlüpfte, erwartete mich dort eine Überraschung. Ein, in akkurater Handschrift verfasster Zettel wies mich darauf hin, dass ich am Folgetag bei Kasuf erwartet wurde. ENDLICH!

†

Ich traf den Übergangsbürgermeister von Baok Baif in seinem Büro, im Obergeschoß des Turms. Nur war der Begriff „Büro" vielleicht ein wenig überdimensioniert für diese Improvisation aus Sackleinen und Sperrholz, aber sie kam der Sache am nächsten. Temsa hatte für Kasuf einen kleinen Bereich des Geschosses abtrennen lassen. Der knapp zwei mal zwei Meter große Raum, mit dem einen Fenster und der Leinwand vor dem Durchgang, bot gerade eben genug Platz für einen schmalen Tisch, zwei klapprige Stühle und einen Hauch von Ungestörtheit. Mit einer einladenden Handbewegung forderte mich Kasuf auf Platz zu nehmen.

MAKNOVA GAZETTE (MG): *Vielen Dank, dass du mich empfängst, Bürgermeister.*

KASUF winkt lässig ab: *Was kann ich für dich tun?*

MG: *Zunächst einmal muss ich dir sagen, wie begeistert ich von euren Leistungen hier in der Wüste bin. Meine Leser wird es sicher interessieren, wie es dazu kam. Was hat euch auf die Idee gebracht, hierher zu ziehen und Baok Baif wieder aufzubauen?*

KASUF lehnt sich zurück und faltet die Hände: *Nun, Basis der ganzen Aktion sind natürlich die Ereignisse, die sich durch das Zusammenfügen des göttlichen Pendels ergaben*. Wir sehen hier eine der vielen positiven Auswirkungen die sich daraus ergaben, das Auenland der Orks regeneriert sich. Ophrasil, einer unserer jungen Leute, war an der Befreiung der Götter beteiligt und erklärte uns nach seiner Rückkehr, dass genau dies passieren würde und wir uns vorbereiten müssten.*

MG erstaunt: *Und das habt ihr einfach so geglaubt?*

* Anm. der Redaktion: Nachzulesen in den Annalen der Stadt Somfren. Die gekürzte Fassung ist unter dem Titel „Maldoron" in den führenden Buchhandlungen Synkanas erhältlich.

KASUF schüttelt vehement den Kopf: *Nein! Selbstverständlich nicht. Wir waren alle skeptisch. Der Junge war kurz vor seinem Verschwinden sehr krank. Hatte ziemlich wirre Träume, wie*
man mir berichtete. Nichtsdestotrotz gab Ophrasil nicht auf. Er sprach in allen Sumpfgemeinschaften vor und erreichte, dass wir zumindest mit dem Wiederaufbau der Randdörfer begannen. Dann bemerkten wir, wie sich der Sumpf tatsächlich zu verändern begann.

MG fasziniert: *Wie wirkte sich das aus?*

KASUFs Augen richten sich in die Ferne und seine Stimme nimmt einen ehrfürchtigen Klang an: *Jahrhunderte währender Nebel hob sich an. Der Himmel war zu erkennen. Einige der Zauberer in den Tiefen der Sümpfe sahen zum ersten Mal in ihrem Leben die Sonne. Der Boden härtete aus. Nicht das der Sumpf je austrocknen oder zu brauchbarem Ackerland würde, aber es gab zum ersten Mal seit Ewigkeiten trockene Inseln. Man konnte vor die Tür treten, ohne binnen Sekunden vom Salznebel durchnässt zu werden. Es war herrlich!*

KASUF hält gerührt inne. Dem Befreier von Somfren stehen die Tränen in den Augen: *Immer mehr Orks packten ihre Sachen und kehrten in ihre alten Heimatdörfer zurück, fassten neuen Lebensmut und begeisterten sich für den Wiederaufbau. Währenddessen reiste Ophrasil immer wieder durch das Land, ermutigte, überzeugte, trieb an. Er wird einst ein großer Häuptling der Orks werden, vielleicht sogar unser König. Ich bin stolz ihn kennen zu dürfen!*

Wie dem auch sei, auf einer dieser Reisen entdeckte er, dass sich auch die Wüste veränderte und rief eine Versammlung der Clanhäuptlinge in Emyl ein.

MG begeistert: *Und diese Versammlung entschied den Wiederaufbau von Baok Baif?*

KASUF schnaubt verächtlich: *Nein, sie wollten nicht wirklich ran an das Thema. Zu viel Neues passierte gleichzeitig. Die meisten waren überfordert. Andere wiederum betrachteten die Veränderungen mit Argwohn und fragten sich ob sie von Dauer sein würden. Warum also Zeit und Energie verschwenden wenn man Gefahr lief hinterher eh wieder im Sumpf zu landen. Aus diesem Grund rief Ophrasil ausschließlich Freiwillige auf ihn zu begleiten.*

MG nickt: *Und die fand er in euch!*

KASUF seufzt traurig: *Viele von uns haben in den Jahren des Krieges ihre Familien und Angehörigen verloren. Viele von uns haben einen Großteil ihres Erwachsenendaseins mit Krieg und Widerstand gegen die thyrriannischen Besatzer verbracht. Wir haben die Gemeinschaften im Sumpf beschützt und sie mit dem Nötigsten versorgt, das sie zum Leben brauchten. Und fast alle von uns hatten keine Perspektiven für den Frieden. Die Orks brauchen uns nicht mehr. Wir sind wie Waffen, die kein Ziel mehr haben. Hier jedoch...*

Der muskulöse Ork breitet die Arme aus und stößt beinahe an die provisorischen Wände: *...hier sind wir nützlich. Wir sind Meister im Organisieren und hart im nehmen. Die kargen Umstände sind für uns Luxus und harte Arbeit macht uns nichts aus. Wir ebnen den Boden für die, die nach uns kommen. Und wenn wir hier fertig sind, dann gibt es weitere Dörfer wie Baok Baif, die wir ebenfalls in Angriff nehmen können.*

KASUFs Augen glänzen: *Viele Familien haben sich bereit erklärt in Baok Baif und ähnlichen Dörfern zu siedeln. Viele arbeiten hier bereits unter uns. Die Frauen und Kinder sind noch in den Dörfern, organisieren Material und versorgen uns mit Lebensmitteln.*

MG: *Die ganzen Lieferungen kommen aus dem Sumpf?*

KASUF lächelt verschmitzt: *Aber nein. Wir erhalten großzügige Spenden aus Somfren. Eine gute Freundin Ophrasils besitzt dort einen gut gehenden Handel mit Trockenobst und konserviertem Fisch. Auch der Stadtrat ist uns dankbar für die Rolle, die wir bei der Befreiung der Stadt gespielt haben und hat uns speziell beim Aufbau der Randdörfer sehr unterstützt. Aber dies hier ist sozusagen ein Privatprojekt. Wir wollen unseren alten Lebensraum zurück!*

MG: *Ich habe bei eurer Karawane Esel gesehen. Es ist mir neu, dass es im Sumpf welche von ihnen gibt.*

Der Ork lacht laut und grollend: *Nun, bis vor kurzem gab es dort auch keine. Sie sind quasi eine Art Wiedergutmachung von der Insel Thyrrus.*

MG bleibt einen Moment lang der Mund offen stehen: *Wiedergutmachung? Du siehst mich überrascht. Wie ist das möglich? Ich dachte Thyrrus sei zerstört.*

KASUFs raue Hand schabte über seinen dunklen Dreitagebart: *Das ist eine lange Geschichte. Wo fange ich an? Als die Drachen gegen Thyrrus flogen, zerstörten sie den Palast, die Kasernen und einen Großteil der Hafenanlagen. Was von der thyrrannischen Armee noch übrig blieb, wurde von Sobar hinweggefegt, als er auf Thyrrus landete, um die Kinder aus Tuziwe und die kleinen Goblins zu retten.*

Nun, bei dieser Gelegenheit stellte sich heraus, dass die Eselkarawanen, die einst Warentransporte auf Thyrrus erledigten, von Jungen und Mädchen begleitet wurden; also von den Kindern die den Dienst am Herrscher verweigerten. Sie hatten sich selbst und ihre Tiere zu Beginn der Angriffe in Sicherheit gebracht und kamen hervor als sie Sobar erkannten. Dieser nun verwendete die Esel, um die ganze Kinderschar zu den Schiffen aus Tuziwe zu bringen. Im Hafen angekommen, brachte er es nicht über sich die Tiere auf der zerstörten Insel zurück zu lassen. Also nahm er sie ebenfalls mit.

Von Tuziwe aus halfen sie bei der Rückkehr der Goblins ins Grasland. Ein weiterer Freund Ophrasils ist dort ein ziemlich hohes Tier. Er hörte von unseren Plänen und schickte uns die Eselchen zur Unterstützung.

MG: *Und die Esel machen das alles so mit?*

KASUF schmunzelt: *Sie sind mit Begeisterung bei der Sache. Wahrscheinlich gefällt es ihnen im Sumpf und in der Wüste tausend Mal besser als auf dieser stinkenden Vulkaninsel.*

MG nachdenklich: Ophrasil. *Dieser junge Mann hat erstaunlich gute Beziehungen und dies hier ist sein Projekt. Werde ich ihm begegnen können?*

KASUF schüttelt den Kopf: *Dieser Junge hält sich mit der Presse nicht auf. Er hat Wichtigeres zu tun. Er reist durch die Welt und verändert sie allein mit seinen Ideen und Visionen.*

MG nur ansatzweise enttäuscht: *Zwei weitere Fragen Kasuf. Warum nennt ihr die Karawanenbegleiter Urlauber und warum nehmen sie auf dem Rückweg Steine mit?*

KASUF grinst: *Dir wird aufgefallen sein, dass wir die gesamte Mannschaft, bis auf einige wenige wie zum Beispiel die Handwerker und jetzt auch die Bauern, nach jeder Reise auswechseln.*

MG nickt.

KASUF: *Die Leute in Baok Baif müssen ziemlich hart schuften, die Karawanenbegleiter allerdings sind die meiste Zeit unterwegs. Deshalb der Spitzname „Urlauber"*

MG: *Und die Steine?*

KASUF: *Auf jeder Reise nehmen wir genug Steine mit, um den Pflasterweg von Baok Baif zur alten Überlandstrasse Richtung Sumpf ein Stück weiter auszubauen. Dieser Stein eignet sich nicht für den Hausbau und ist uns hier nur im Weg. Zwar werden wohl für die Felder jetzt eine Menge Stein benötigt, aber es liegen hier so viele davon herum, dass es kaum einen Unterschied macht. Die Straße ist wichtig und verbindet uns mit der Welt da draußen.*

MG: *Und das erledigen deine Leute auf dem Weg zurück in den Sumpf?*

KASUF nickt.

MG: *Das klingt nicht nach Urlaub.*

KASUF beugt sich ein Stück vor: *Das ist es auch nicht. Zurück im Sumpf müssen die Güter, die wir hier benötigen, eingesammelt und verpackt werden. Einige verladen neuen Mutterboden, andere beschneiden Mangroven für Brennholz. Eine dritte Gruppe besorgt Holz aus den Silbersalzweidenbeständen am Sumpfrand für andere Holzarbeiten. Es sei dir versichert, dass alle gut mit Arbeit versorgt sind, dafür wird Temsa schon sorgen.*

WIR müssen beide lachen.

KASUF: *Du weißt, dass sie dich mag?*

MG verschluckt sich: *Wie bitte?*

KASUF: *Sie war herausragend nett zu dir. Du solltest dir überlegen, ob du nicht bald wieder kommen willst. Wir könnten dich hier gebrauchen. Temsa würde sich freuen.*

MG: *Nett?!? Sie hat mich bedroht, schikaniert und bei jeder Gelegenheit beschimpft.*

KASUF grinst breit: *Ich sag doch, sie mag dich. Sie hat dich nicht verprügelt.*

MG schluckt zweimal und wechselt unauffällig das Thema: *Kasuf, ich bin wirklich begeistert von eurem Projekt und bin sicher, meine Leser denken ebenso. Wie können wir euch unterstützen?*

KASUF hebt abwehrend die Hände: *Bitte, das Letzte was wir jetzt brauchen ist ein Haufen Touristen der uns zwischen den Füßen steht. Gebt uns Zeit um den Laden hier ans Laufen zu bekommen, dann sind alle herzlich eingeladen ihr Geld für echt antike, orkische Töpferware auszugeben.*

KASUF grinst sehr breit.

MG vom wölfischen Ausdruck im Gesicht des Hauptmanns ein wenig verschreckt: *Ich hatte mehr an schnelle Hilfe gedacht.*

KASUF: *Was wir brauchen ist Wasser, gutes Bauholz, Ziegel, Steine und Zeit. Wenn allerdings einer deiner Leser eine Herde Flakuns oder eine Schar Vommageflügel oder Steppengänse abzugeben hat, dann nehmen wir sie gerne. Wir holen sie sogar ab.*

†

Hier endete mein Interview mit Kasuf, der sich wieder wichtigen Dingen zuwenden musste. Und auch mein Aufenthalt ging zur Neige. Am Abend traf die Karawane aus Zifahan ein, die mich zurück nach Burrok bringen sollte. An Bord eines der Flakuns befand sich der beleibte Bürgermeister von Zifahan, um sich von der Richtigkeit der Berichte zu überzeugen und seine neuen „alten Nachbarn" zu begrüßen.

Beim abendlichen Mahl berichtete er, dass die Rabati-Hersionnis Karawane ähnlich erstaunliche Berichte mitgebracht hatte. Der Donarion führte wieder Wasser, zwar nicht viel, aber es stieg ständig.

Nach einer halben Flasche Kaktusschnaps versprach der Zifahaner Bürgermeister Kasuf mit wohlklingenden Worten mit der nächsten Karawane Futtermittel und Nahrung vorbei zu schicken. Nicht nur um die alte Nachbarschaftshilfe wieder auferstehen zu lassen, sondern auch um den Start ein wenig zu erleichtern.

Neuigkeiten über Neuigkeiten!

Nun, meine lieben Leser:
- Somfren hilft
- die Goblins helfen
- Tuziwe hilft
- Zifahan ist auch nicht knauserig

Wollen wir / will MAKNOVA dem nachstehen? Haben diese zähen, loyalen, liebenswert ungehobelten Orks nicht eine zweite Chance verdient? Sicher, sie werden es auch ohne unsere Hilfe schaffen. Aber solche Freunde kann jede Stadt gebrauchen. Denken sie darüber nach...

Sie wissen nun was benötigt wird!

* GELDSPENDEN:
> Spar- & Einlagenbank Maknova
> Benman-Allee 7
> Maknova
> Stichwort: Baok Baif

* SACHSPENDEN:
> Nach Rücksprache & Voranmeldung bei Verwalter
> Bjansquit
> Karawanserei Torben & Söhne
> Lagerhaus 5
> Alte Torfstechergasse 1
> Maknova

Die **MAKNOVA GAZETTE** sorgt für unverzügliche Zustellung und wird sie über den weiteren Fortschritt informiert halten. Bereits nächste Woche werde ich die erste Lieferung in Richtung Wüste begleiten.

In Eile, Sylvinus

Semesterstart Alter Benman

Sei Teil der ältesten und größten Universität Maknovas. Über 800 Jahre Tradition warten auf Dich!

Zum Semesterstart bietet die ehrwürdige Benman Universität zu Maknova dieses Jahr nachfolgende Studiengänge an:

Abschlüsse der philosophischen Fakultät
+ Geschichte / Archäologie (BK/ÖZ/WS)
+ Synkalin (BK/ÖZ/WS/SS)
+ Theologie & Schamanismus (BK/ÖZ/WS)
+ Elfinistik (BK/ÖZ/WS/SS)
+ Humanistik (BK/ÖZ/WS/SS)
+ Zwergistik (BK/ÖZ/WS/SS)

Abschlüsse der mathematisch-naturwissenschaftlichen Fakultät
+ Alchemie (BN/ÖZ/WS)
+ Synkanalogie (BN/ÖZ/WS)
+ Kreaturen (BN/ÖZ/WS)
+ Botanik (BN/ÖZ/WS)
+ Bergbau (BN/ÖZ/WS)

Abschlüsse der medizinischen Fakultät
+ Medizin & Druidentum
    + Human
    + Elfisch
    + Zwergisch
    + Orkisch
    + Goblinisch
Staatsprüfung / Auswahlverfahren / WS/SS / Fachrichtung angeben!!

*öZ = örtliche Zulassungsbeschränkung
*WS = Wintersemester
*SS = Sommersemester
*BK = Bakkalaureus der Kunstwissenschaften
*BN = Bakkalaureus der Naturwissenschaften

Bitte informiere Dich, welche Studiengänge für Dich in Frage kommen, ob eine Zulassungsbeschränkung vorliegt und welche Auswahlverfahren es gibt.

Bewerbungsfrist für Studiengänge mit Zulassungsbeschränkung **20. Phanistog** (WS) und **20. Farilltog** (SS)

Deine Bewerbung sende bitte an:

<u>Benman & angeschlossene Lehrinstitute</u>
Sekretariat
Großer schwarzer Turm 1
Maknova

Vorbereitungskurse & vorbereitende Abschlüsse
+ Sonnenscheinheim für junge Damen
+ Zwergischer Minenkolleg
+ Waldorfina Benimensis
+ kleinere Institute erfrage bitte beim Benman Sekretariat oder der Stadtverwaltung Maknova

†

12. Silmastog

Nama-ken, Berichterstatter aus der freien Hafenstadt Somfren für die *MAKNOVA GAZETTE*.

Folgenden Nachtrag muss ich noch nach Maknova übersenden, in der Hoffnung, dass er nicht zu spät eintrifft. Die Aufräumarbeiten unter dem neuen Hohepriester Tavu'un sind beim Silmas Tempel in die entscheidende Phase getreten. Zahlreiche Berichte über die erste Schlacht von Somfren sind dabei ans Tageslicht gekommen, die ich den Lesern der *MAKNOVA GAZETTE* keinesfalls vorenthalten möchte.

Eiligst wurden die verschiedenen Berichte zusammengefasst und in eine zeitliche Reihenfolge gebracht. Wir hoffen unsere Leser mit diesen Zeilen das unsagbare Grauen nahe zu bringen, welches über diese Stadt hereinbrach.

Anm: Zartbeseitete Seelen mögen diese Seiten vorsorglich überblättern!

Ergebenst & auf der Suche nach weiteren erhellenden Unterlagen,

Ihr Nama-ken

†

Die Schlacht um Somfren

Es war Mitternacht. Stille lag über der Hafenstadt Somfren. Das geschäftige Treiben an den Kais, wo die kleinen Fischerboote und großen Handelsschiffe abgewickelt wurden, war bereits seit Stunden eingestellt. Nur vereinzelte Nachtschwärmer schwankten mehr oder weniger trittsicher von den Tavernen in Richtung heimischer Herd.

Schwerer, feuchter Nebel drückte sich vom Meer in die geschützte Bucht und umwaberte die beiden Wachtürme, die rechts und links der Hafeneinfahrt, hoch auf dem Fels errichtet worden waren. Die Leuchtfeuer, die für sichere Passage in den vom Gebirgsmassiv geschützten Hafen sorgen sollten, gaben der weißen, nahezu blickdichten Nebelwand einen diabolischen Schimmer.

Immer weiter drückte der Dunst ins Landesinnere. Verschlang mit gierigem Schlund die auf dem schmalen Landstreifen zwischen Meer und Felswand gelegenen Gehöfte. Er kroch über Felder und Wege und veranlasste die Cebiven-Herden sich in ihren Gattern eng aneinander zu schmiegen. Ihr leises, beunruhigtes Muhen verklang ungehört.

Träge zogen die weißen Schwaden über die Bucht. Sie leckten an den hölzernen Pfählen, welche die Hütten der Fischer trugen und erklommen die steinernen Kaianlagen. Die drei vor Anker liegenden Handelsfahrer wurden zu isolierten Inseln, als der Nebel anhob und begann sich der Stadt zu bemächtigen.
Wie eine Klauenhand legte er sich auf die Pechfackeln der Kaimauer, die mit einem leisen zischen nacheinander verloschen. Dünne Schwaden schwarzen, erkaltenden Rauchs gesellten sich zum Nebel. Nun war die Dunkelheit perfekt; das Schicksal konnte seinen Lauf nehmen.

†

Hakintor wedelte heftig mit den Händen und versuchte den lästigen Dunst von seinem Gesicht fernzuhalten. 'Man könnte fast meinen das vermaledeite Zeug wollte in einen hineinkriechen.', dachte er bei sich. 'Wie soll man bei so einer Wetterlage Ausschau halten?' Hakintor wischte sich das feuchte Haar aus dem Gesicht und starrte weiter in die undurchdringliche Dunkelheit; seine jugendhaft schlaksige Gestalt weit über die Brüstung des südlichen Hafenwachtturms gelehnt. Ausgerechnet heute, wo er das erste Mal allein Dienst auf der Turmspitze tat, musste dieses unsägliche Wetter herrschen.

Er war in Somfren geboren und in den siebzehn Jahren, die seitdem vergangen waren, konnte er sich nur an zwei Gegebenheiten erinnern in denen ähnliche Wetterlagen vorherrscht hatten. Im Normalfall sorgte die Meeresströmung dafür dass aufkommender Nebel an der Steilküste entlang nach Norden getrieben wurde, bevor er sich der Bucht bemächtigten konnte.

Hakintor verzog den Mund und in einem Anflug von Selbstironie gratulierte er sich selbst zu dem Glück, ausgerechnet eine solche Nacht für seine erste Wache erwischt zu haben. Der Nebel ängstigte ihn nicht, aber er kam ihm unheimlich lebendig vor. Ständig hatte er das Gefühl er verdichtete sich vor seinen Augen; ganz, als habe er einen eigenen Willen und wolle etwas vor ihm verbergen. Hakintor wechselte die Position. Er ging einige Schritte die Brüstung entlang und richtete erneut seine Augen auf das offene Meer. Viel mehr, hätte er das offene Meer gesehen, wenn er überhaupt etwas anderes hätte ausmachen können als die Brüstung vor sich, den Steinfußboden und die Wand unter bzw. hinter sich, sowie eine Ahnung von dem großen Leuchtfeuer über sich.

Er blickte zu der großen Flamme hinauf, die nur wenige Meter über ihm lediglich als roter undeutlicher Schimmer auszumachen war. 'Das ist doch nicht natürlich', dachte er bei sich. 'Normalerweise ist diese Flamme meilenweit zuerkennen, sie leitet Schiffe in dunkelster Nacht und größtem Unwetter sicher in den Hafen. Nun sieht sie aus, als würde sie gleich vom Nebel erstickt'. Unbehagen machte sich in ihm breit und pflichtbewusst wandte er sich wieder dem Meer zu, welches sich theoretisch immer noch tief unter ihm befinden musste.

Da! Erneut hatte er den Eindruck als verdichtete sich der Nebel vor seinen Augen. Er behielt die Position seines Kopfes bei und ließ seine Augen nach links schnellen. Sofort zogen sich die Schwaden an der neuen Stelle zusammen. Nicht dass er vorher auch nur das Geringste hätte erkennen können, doch der Nebel schien auf Nummer sicher gehen zu wollen. Er schüttelte den Kopf, schloss kurz die Augen und wiederholte seinen Versuch. Das Ergebnis blieb das gleiche. Sollte er seinem Vorgesetzten davon berichten? Hakintor strich sich über das unbehaarte Kinn. Hauptmann Aarken würde ihn für verrückt erklären. Oder schlimmer noch, er würde zu dem Schluss kommen dass Hakintors Nerven für den Wachdienst auf dem Turm nicht geeignet waren. Er brauchte diesen Job! Er war gut bezahlt, galt als solide und krisensicher. Aber das Beste daran war: man bekam eine schicke Uniform!

Besebel liebte diese Uniform und Hakintor liebte Besebel. Er verschwendete ein oder zwei unkeusche Gedanken an die glutäugige Nachbarstochter und Ihr langes, geflochtenes, kastanienfarbenes Haar. Rasch rief er sich selbst zur Ordnung. Dies war keine Nacht zum träumen.

†

Gujanaar stützte sich müde auf ihren Fackelstab und sah zu der immer schwächer werdenden Flamme hinauf. Dichter Nebel ballte sich um die Elfe zusammen und schien auch den letzten Funken Licht ersticken zu wollen. „Vermaledeites Wetter!", schimpfte sie vor sich hin. Sie schlug den Kragen des

Leinenhemdes, das sie stets unter ihrem Harnisch der Stadtgarde trug hoch und zog den Kopf ein. Den spärlichen Schimmer des Stabes vor sich her tragend setzte sie ihre Wachrunde fort.

Sie passierte das hohe Stadttor, den einzigen Weg die Stadt auf dem Landweg zu verlassen. Es war wie immer für die Nachtstunden geschlossen worden und würde sich erst bei Sonnenaufgang erneut für die fahrenden Händler und Karawanen öffnen, die die Handelsstadt Somfren regelmäßig besuchten. Die schweren Torflügel aus schwarzem Gromossholz waren während der Nacht nur schwer vom Vulkangestein des angrenzenden Gebirges zu unterscheiden. Der Nebel tat sein übriges um sie dem Blick des Betrachters zu entziehen und die Orientierung zu erschweren. Gujaanas Füße jedoch kannten den Weg. Jahre der Wachgänge, in denen sie Nacht für Nacht die gleiche Route abschritt, machte es unnötig ihre Schritte zu zählen oder sich an den Gebäuden der Stadt zu orientieren. Ihre Füße wussten den Weg und die Elfe konnte ihre Aufmerksamkeit darauf beschränken in die wogende Dunkelheit zu spähen.

Gujanaar fühlte sich unbehaglich als lasteten die feuchten Schwaden nicht nur auf der Stadt, sondern auch auf ihrem Gemüt. Die Straßen waren wie leergefegt. Keine Seele, die es irgendwie vermeiden konnte trat bei diesem Wetter vor die Türen. Sie kam an einigen Tavernen des Händlerviertels vorbei, in denen an anderen Tagen, trotz der späten Stunde noch rege Betriebsamkeit geherrscht hätte. Heute blieb alles still. Kein Gesang Angetrunkener, keine Händleranekdoten, laut und prahlerisch vorgetragen. Die meisten Fenster waren dunkel als hätten die Wirte eingesehen dass heute kein Geschäft zu machen war. Lediglich die großen Türlaternen der Kontore am Marktplatz und der großen Handelshäuser, wagten noch den Kampf gegen Dunkelheit und Nässe; auch wenn Gujanaar sie nur als weit entfernte, blasse Flecken wahrnahm.

Sie kam an den Gildehäusern und der Markthalle vorbei und setzte ihren Weg in Richtung Silmas Tempel fort. Hier wurde die Straße abschüssig, neigte sich im sanften Bogen auf den Hafen zu, der sich entlang des Tempelhügels ausbreitete. Die Nebelschwaden hatten das Kopfsteinpflaster glitschig werden lassen. Die Elfe setzte ihre Schritte automatisch vorsichtiger, ohne jedoch merklich langsamer zu werden.

Wie zu jeder Stunde hielt sie auf das von zwei Feuerschalen flankierte Portal des Tempels zu. Sie wollte von seinen, aus weißem Stein gefertigten Stufen, einen Blick auf Stadt und Bucht werfen. In dieser Nacht blieb ihr die Aussicht verwehrt und so lauschte sie nach den sonst so vertrauten Geräuschen der Brandung. Die Elfe zog die Stirn kraus. Alles klang so dumpf und seltsam weit entfernt. Als hätte ihr das Wetter die Ohren versiegelt.

Der Elfe wurde es zunehmend mulmiger. Dieses Wetter war doch nicht normal. Die Haare klebten, dort wo sie der Helm nicht bedeckte an Nacken und Wangen, als seien sie frisch gewaschen. Hemd und Hosen legten sich um ihre Gliedmaßen wie eine zweite Haut, angedrückt von einem Mantel natürlicher Feuchtigkeit. Gujanaar hatte schon viele Nebelnächte durchgestanden, leichte und schwerere. Dieser Nebel jedoch veränderte alles in ungewohnter Weise: Geräusche, Fackelschein, selbst an der Körperwärme nagte er. Er sog einem das Mark aus den Knochen und jedes Wohlgefühl aus dem Körper. Allerdings rief er auch einen dringlichen Wunsch hervor an den heimischen Herd zu eilen und sich mit einem Würzwein und einigen Decken endlich wieder warm zu fühlen.

Die Elfe widerstand der Versuchung und wollte diesem Gefühl der Kälte und Einsamkeit auf den Grund gehen. Sie schloss die Augen und brachte all ihren Wille auf. Sie musste den Nebel durchdringen!

Hinter ihren Lidern entstand ein Bild. Ein Bild von der Bucht, wie sie es jede Nacht zur vollen Stunde sah, wenn sie die Treppenstufen erreichte. Sie lauschte in die Nacht. Sie hörte wie die Wellen die Handelssegler an die Kaianlagen drückten und die Schrotsäcke, die verhindern sollten dass das Holz sich an den Stegen rieb im Rhythmus knirschten. Den leichten Wellenschlag an die Stege der Fischerhütten auf dem Sandstreifen des Ufers. Sie hörte aber auch etwas anderes. Sie hörte Sand knirschen und nicht im Bereich des Hafens sondern von den Gutshöfen her, wo die Landwirtschaft Somfrens beheimatet war. Es klang, als würden Boote an Land gezogen und als würden bestiefelte Füße in den schmalen Kiesstreifen des Ufers springen.

Der Kopf der Elfe schwang herum.Was war das? Hatten sich die Lichtverhältnisse geändert? Sie runzelte die Stirn und starrte angestrengt nach Osten. Nun waren wieder kein Laut und keine Bewegung zu vernehmen. Aber sie wusste was sie gehört hatte! Irgendetwas ging dort drüben vor sich. Welche Wahnsinnigen trieben sich bei diesem Wetter auf dem Meer herum? Sie schloss erneut die Augen, lauschte.

Weiterer Sand knirschte, als wenn immer mehr Personen an Land gingen. Gujanaar war alarmiert. Sie löschte ihren Fackelstab und schlich den Tempelhügel hinab. Der Weg gabelte sich, er führte links zu den Hafenanlagen und rechts zu den von Feldern, Obsthainen und Viehgattern geprägten landwirtschaftlichen Teil der Stadt. Dieser Bereich erstreckte sich rechts und links der eigentlichen Stadtbebauung, bis hin zu den hoch aufragenden Klippen. Diese ragten bis in die Bucht hinein und flankierten die Ausfahrt zum offenen Meer.

Die Äcker und Wiesen waren durch einen knapp zehn Meter breiten Kiesstrand von den Gezeiten getrennt, welcher gelegentlich den Fischern als Trockenplatz für ihre Netze und Reusen diente. Doch kein Fischer kam um diese Stunde und bei dieser Witterung, um irgendetwas trocknen zu wollen. Was trieben diese Leute also am Strand?

Gujanaar zog ihr Schwert und verließ den Weg. Die Deckung mehrerer Honigbeerbüsche konnten ihr nützen. Sie traute dem Nebel nicht und dies zu Recht, denn je näher sie den verdächtigen Geräuschen kam, desto mehr lichtete er sich. Mit weit aufgerissenen Augen und zu einem stummen Schrei geöffneten Mund starrte sie auf die Szenerie am Strand. Ein plötzlicher Lichtblitz brannte sich in ihre Netzhaut. Ihr Kopf wandte sich in Richtung Hafeneinfahrt. Auf der Höhe des linken Wachturms ging ein gewaltiger Funkenregen nieder der, trotz des Nebels die Details auf dem Kiesstrand erhellte. Wenige Sekunden später wiederholte sich der Funkenregen als auch der zweite Wachturm in Flammen aufging und zerbarst. Dies riss die Elfe aus der Schockstarre. Sie machte kehrt und rannte zur Feuerglocke um die Stadt zu alarmieren.

†

Johir und Luramon langweilten sich. Sie waren Hirten. Wochenlang hatten sie eine Herde Vlahn auf den saftigen Weiden zwischen dem Fluss Falberion und der Hafenstadt Somfren weiden lassen. Nun war es Zeit die „wolligen Biester", wie Johir sie insgeheim nannte, zur Schur zurück in die Stadt zu treiben. Johir mochte die Abgeschiedenheit und Ruhe die sein Beruf mit sich brachte, aber nun hatte er Sehnsucht. Er wollte seine Familie und sein Heim wieder zu sehen. Geboren war er weit im Nordosten von Synkana, in Maknova. Einer großen, quirligen Metropole mit einer Vielzahl von Schulen und Universitäten, in denen eine stetige Unruhe herrschte. Auf einer seiner Reisen war er durch Somfren gekommen, hatte seine Frau Baral kennengelernt und war geblieben. Nach Wochen der Abgeschiedenheit sehnte er sich danach sie wieder in die Arme schließen zu können.

Alles war planmäßig verlaufen. Alle Tiere waren wohlauf. Sie näherten sich bereits den Ausläufern des Felsmassivs, in welchem sich Somfren verbarg, als bei einem der trächtigen Vlahns die Lammung einsetzte. Johir war erleichtert, dass es sich um eines der älteren Tiere handelte, die bereits mehrere Lämmer geboren hatten und den zweifellos schmerzhaften Prozess meist schnell und komplikationslos hinter sich brachten. Und tatsächlich, bereits eine Stunde später stakste ein kleines, schwarzes Vlahn-Lamm auf wackligen Beinchen über das Grün. Luramon nahm es kurz entschlossen auf den Arm und sie eilten weiter der Stadt entgegen.

Luramon, der Ork, stammte aus dem Orkdorf Terasent und half Johir seit Jahren auf den Weiden. Die Auen diesseits und der Sumpf jenseits des Falberion waren seine Heimat. Er sehnte sich ebenfalls nach Heim und Familie, auch wenn seine Kinder ihn gelegentlich bei den Herden besuchten. Er wollte Johir und die Herde bis zur Torschlucht begleiten, von da an konnte Johir alleine weiter gehen. Der Boden der Schlucht über den die mehrere hundert Meter hohen Grate des Vulkanberges aufragten, führte bis in den ehemaligen Vulkankegel und direkt auf das Stadttor von Somfren zu.

Keines der Vlahns würde auf diesem Weg ausbüxen können. Ab dem Tor würden ihm die Wächter helfen und die Tiere auf die Koppeln treiben. In vier Wochen dann würden sie wieder erneut aufbrechen, zu ihrer endlosen Reise entlang des Falberion.

Diese und ähnliche Gedanken gingen den beiden Hirten durch den Kopf, während die Felsformation immer näher kam und die Sonne dem Horizont entgegen sank. Gegen Abend jedoch stieg Nebel auf. Es wurde immer unwahrscheinlicher, dass Johir und Luramon Somfren erreichen würden bevor die Tore für die Nacht geschlossen wurden. Die Stimmung der beiden Freunde sank auf einen Tiefpunkt. Beide hatten diesen

Weidegang für sich bereits abgeschlossen. Alles Wichtige war bereits gesagt. Sie wollten heim, sofort!

Obwohl beide wussten dass die Mühe vergebens war, eilten sie weiter als die Sonne bereits untergegangen und der Mond mit seinem fahlen Licht die Nebelschwaden gespenstisch erleuchtete.

An den Klippensteinen jedoch hielt Luramon an. Eine Reihe mannshoher Steine war im regelmäßigen Abstand von drei Metern längs des Weges errichtet worden. Einst mit Schutzrunen versehen, die Wind und Wetter längst zur Unkenntlichkeit verdammt hatten, standen sie seit Urzeiten hoch aufgerichtet und warnten vor den Steilklippen und dem tosenden Meer hinter ihnen. „Was ist passiert?", Johir und trat an den Ork heran, um ihn besser erkennen zu können. „Ich kann das Meer nicht hören.", antwortete Luramon geistesabwesend, während er weiter in die Dunkelheit lauschte. „Du hast recht!", stimmte Johir argwöhnisch zu. Seine Stirn zog sich in Falten. „Nun, es wird nicht plötzlich verschwunden sein und sich garantiert noch unterhalb dieser Klippen befinden. Aber wir sollten anhalten. Dies ist eine sonderbare Nacht und es ist spät." Der Mann fuhr sich mit der Hand durch sein Gesicht und wischte die Feuchtigkeit fort. Er hatte sich wirklich auf sein warmes Bett gefreut. „Hilf mir die Tiere zusammen zu treiben und ihnen die Vorderhufe zusammen zu binden. Nicht dass uns auf den letzten Metern noch eines verloren geht."

Luramon nickte stumm und lies einen skeptischen Blick über den Nebel wandern. Sie legten ihre Rucksäcke bei den Klippensteinen ab und machten sich daran die gemächlich dahin weidenden Vlahns zusammenzutreiben. Die Tiere ließen sich vom Nebel und dem stillen Meer nicht aus der Ruhe bringen. Der Versuch ihre Vorderbeine aneinander zu binden brachte Johir den einen oder anderen fragenden Blick aus den schwarzen gutmütigen Augen ein, doch die Herde ließ es über sich ergehen.

Johir traf zwanzig Minuten später mit dem letzten Vlahns bei den Rucksäcken ein, band es an die versammelte Herde und wartete ungeduldig auf Luramon. Er war übermäßig gereizt, das wusste er. Trotzdem könnte sich der Ork ein wenig beeilen. Auch wenn er nicht wusste was das an ihrer Situation ändern sollte. Sie würden die Nacht hier festsitzen, allein oder zu zweit. Er sammelte Feuerholz und begann damit Feuerstein und Zunder aneinander zu schlagen als Luramon aus dem Nebel gestürzt kam. Der kräftige Ork mit dem kurzgeschorenen schwarzen Haar hatte sich zwei verdrießlich schauende Vlahn unter den Arm geklemmt, die mit ihren gehobenen Positionen nicht froh zu sein schienen.

Luramon bremste scharf ab um nicht in die Herde hinein zu stolpern. Er setzte die Vlahns ab und eilte zu Johir. „Wir müssen hier verschwinden, sofort!", zischte er dem Elfen ins Ohr. Gehetzt sah er in den Nebel hinein als erwartete er, dass ihm ein Rudel Wölfe auf den Fersen wäre. Johir zögerte verwirrt. „Warum?", erkundigte er sich.

„Vor der Stadt lagern Soldaten, Johir. Nur wenige hundert Meter von uns entfernt lagern einige Dutzend Schwertkämpfer. Außerdem konnte ich Belagerungsmaschinen sehen, die in Richtung Somfren gezogen wurden."

Johir sprang auf. „Wir müssen die Stadt warnen."

Luramon packte den Kragen seines Freundes mit festem Griff und zog das Gesicht des Elfen direkt vor das seine. „Vergiss es! Da kommt niemand mehr durch. Wenn es Somfren bis jetzt noch nicht gemerkt hat dass es belagert wird, dann wird es sehr bald soweit sein! Wichtig ist, dass die Tiere und wir aus der Schusslinie kommen."

Er ließ Johir los und begann hastig die Tiere so sie aneinander zu binden, dass sie sie als Gruppe führen konnten. Der Elf starrte geschockt in Nebel und Dunkelheit. „Aber was sind das für Leute?", flüsterte er dem Freund zu und begann ihre

Rucksäcke zusammen zu sammeln und die Spuren ihrer geplanten Feuerstelle zu vernichten.

„Ich habe nicht die geringste Ahnung, aber ich fürchte wir werden es herausfinden!"

†

Bartar starrte in den immer dichter werdenden Nebel, der bereits die Spitze seines Speeres mit feuchten Schwaden umwaberte. Das Schild schützend vor sich haltend versuchte er mit dem Gestein hinter sich zu verschmelzen und so dem stetigen Wind der Schlucht zu entgehen. Dieses Wetter war einfach nicht normal. Seine Rüstung schimmerte feucht und die wollene Unterkleidung sog sich ebenfalls mit Nässe voll. Er fröstelte. Bartar gehörte zur Torwache von Somfren. Ihm und fünf weiteren Kameraden oblag die nächtliche Überwachung der Torschlucht, einem langen Einschnitt in das vulkanische Massiv, das die Hafenstadt umschloss. Der schmale Riss aus einer Laune der Natur entstanden, bot mit knapper Not Platz um zwei Karren nebeneinander passieren zu lassen.

Die hoch aufragenden Grate an beiden Seiten schufen ein ewiges Halbdunkel und wurden lediglich von Fackeln in regelmäßigen Abständen beleuchtet; es wurde sehr darauf geachtet dass sie Tag und Nacht brannten. Hätte es andere Landwege aus der Stadt gegeben, die meisten Einwohner und Besucher hätten die Torschlucht gemieden. Die roten Flammen der Fackeln und der lange schmale Weg machten stets den Eindruck eines Tores zur Unterwelt. Dazu kam die Grabesstille zwischen den hohen Felsen, lediglich unterbrochen vom leisen Heulen des Windes. Die kleinste Bewegung klang hier wie ein hallendes Echo, ein fallender Kiesel konnte ein minutenlanges Stakkato an Geräuschen verursachen und den Helm zum klingen bringen. Das alles bildete eine unheimliche Atmosphäre, die weder den Reisenden noch den Einheimischen behagte.

Allerdings waren die Somfren umgebenden Gipfel und Grate zu steil um selbst einen geübten Bergwanderer passieren zu lassen. Ganz zu schweigen von den zahlreichen Karren und Karawanen, die Handelsreisenden mit ihren Packpferden und Privat Personen die das Tor täglich in Erfüllung ihrer Pflichten passieren mussten. Deshalb nutze es nichts sich über die Unannehmlichkeiten des Hohlweges zu beklagen, es sei denn man wollte den Seeweg benutzen. In dieser Nacht jedoch wirkte die Umgebung geradezu dämonisch.

Seine Kameraden waren schon vor Stunden im Nebel versunken und aus Bartars Sicht verschwunden. Selbst die, im Abstand von zwanzig Schritten in künstlichen Nischen vor dem Wind geschützt, aufgestellten Fackeln, waren verschwunden. Lediglich das feurige Glimmen des Nebels wiesen noch auf ihre Existenz hin.

Der Elf wandte den Kopf, blickte in Richtung der Toranlage, die sich zwanzig Schritte von ihm entfernt erheben sollte. Weder die trutzigen Steinmauern noch das große Tor aus Gromossholz zeichneten sich ab. Bartar seufzte. Was für eine unsägliche Nacht und die Ablösung würde noch Stunden auf sich warten lassen. Er schob sich noch ein Stück näher an die Felswand, bis seine Fersen das Gestein berührten und ihm die Unebenheiten an seiner Rechten spüren ließen.

Stille umgab ihn, bis auf das Brausen des Windes der ununterbrochen durch die Schlucht strich. Im Osten erklang ein dumpfer Schlag. Bartar erschrak. Waren das herabfallende Steine? Ansich nichts ungewöhnlich, doch das Geräusch klang eher nach einem Sack Getreide, das achtlos zu Boden geworfen worden war.

Die erleuchtete Nebelwand umgab ihn vollständig; allerdings erschien ihm der orangene Farbton nicht mehr so intensiv wie zuvor.

Bartar blinzelte. Wieder flackerte der Schein der Fackeln und nahm an Intensität ab. Was ging dort vor sich? Seine Augen brannten als er versuchte die Schwaden mit Blicken zu durchdringen. Immer noch rührte sich nichts. Der Elf begann an dem Geschehenen zu zweifeln. Seine Sinne mussten ihm einen Streich gespielt haben. Kein Wunder, in so einer ungemütlichen Nacht. Er entspannte ein wenig und und zwang sich zu einem schmalen Lächeln. Seine Kameraden würden ihn auslachen wenn er ihnen davon berichtete.

Die Minuten zogen dahin. Da! Das Licht flackerte erneut und wie es schien erlosch eine weitere Fackel. Ein Großteil der Schlucht lag anscheinend bereits im Dunkeln, lediglich die Fackel zwischen ihm und Hogrimm, dem nächsten Posten in der Wachkette gab noch Licht ab. Als ob etwas die Helligkeit verschlingen würde. Aber wenn das so war, warum rief dann niemand nach dem Fackelmeister um für Ersatz zu sorgen? Wieder plumpste etwas Schweres im Osten zu Boden und dieses Mal wesendlich näher an seiner Position. Er war sich sicher, irgendetwas passierte dort im Nebel. Dort bewegten sich Schatten. Unheimliche Gestalten mit langen Armen und wie es schien hatten sie etwas Riesiges dabei. Etwas klang nach dem Knirschen von Rädern. Spielten seine Nerven nun völlig verrückt? Niemand würde zu dieser Zeit freiwillig einen Karren durch die Schlucht fahren. Er zitterte. Aber er riss sich zusammen, griff jedoch seinen Speer fester und rief mit einer erstaunlich festen Stimme: „Hogrimm, verdammt. Was treibt ihr da mit den Fackeln?"

Die Schatten verharrten. Aber er bekam keine Antwort. Hogrimm musste ihn gehört haben. Die Wachkette war darauf ausgelegt Sichtkontakt sowie Hörweite zu garantieren. „Junge, melde dich.", versuchte er es erneut, ein wenig lauter. Wieder zeigte sich keine Reaktion seiner Kameraden. Allerdings begannen die Schatten erneut ihren Vormarsch.

Die Flamme der letzten Fackel erstarb mit einem leisen Knistern, und als wäre das ein Startsignal wandte sich Bartar nach Westen und hetzte in Richtung Tor. Ein halbes Dutzend Pfeile surrten durch die nun finstere Schlucht und bohrten sich tief in seinen Rücken. Der Elf bäumte sich auf, wurde von dem Schwung der Geschosse mehrere Meter nach vorne gestoßen. Als er zusammen sackte berührten seine Finger das harte Gromosstor der Stadtbegrenzung beinahe zärtlich. Ein letzter Atemhauch verstrich. Bartars Augen verloren an Glanz, während sich um ihn herum die Scharen der Angreifer lautlos versammelten.

Die Turmuhr des Silmastempel schlug die volle Stunde und auf dieses Zeichen hin begann der eigentliche Angriff auf die friedlich schlafende Hafenstadt.

†

Es war heiß! Dunkelheit umgab ihn. Das bisschen Luft, das ihn umfing war stickig und verbraucht. Tränen liefen ihm die Wangen hinab. Krampfhaft versuchte er die Schluchzer zu unterdrücken, die immer wieder aufs Neue seine Kehle emporkletterten. Sie hatte gesagt, dass er keinen Ton von sich geben durfte. Sie hatte gesagt, dass er ein großer Junge sei und stark sein müsse. Sie hatte gelächelt, als sie ihn in die Truhe gehoben hatte. Das Letzte was er gesehen hatte, als sie den Deckel schloss, war ihr liebevolles Lächeln gewesen. Das war es was ihn die Enge hier drin ertragen ließ. Ihr Lächeln vor seinem inneren Auge. Kleine Hände ballten sich zu Fäusten. Aber er hatte auch ihre Augen gesehen. Augen, vor Trauer feucht und vor Angst weit aufgerissen. Angst um ihn. Angst um sich selbst. Angst auch ihn zu verlieren. Und diese Angst war von ihren Augen auf ihn übergesprungen. Er zitterte so sehr, dass die Truhe förmlich beben musste. Jeder der den Raum mit der Truhe betrat, musste zwangsläufig sofort sehen, wo man ihn versteckt hatte. Jetzt wusste er was Angst bedeutete!

†

Lautes Donnern hatte ihn mitten in der Nacht aus dem Schlaf gerissen. Dann bebte die Erde. Schlag auf Schlag. Donnern. Beben. Donnern. Beben. Immer wieder. Das Bett, das er sich mit seiner Zwillingsschwester teilte, schwankte wie ein Fischerboot auf hoher See. Nirma weinte, ebenso wie er selbst. Er schlang seine kleinen Arme um sie, teils um sie zu trösten, teils um selbst Trost zu finden.

Dann waren sie gekommen. Zwischen einem Donner und dem unvermeidlich darauf folgenden Schlag, waren die Tanten ins Zimmer gestürzt. Dankbar ließ er sich auf den Arm nehmen. Zärtlich strich ihm Kalia über sein langes, schwarzes Haar. Toria hielt Nirma an sich gedrückt. Kalia legte ihre Hand schützend über seinen Kopf und presste ihn fest gegen ihre Schulter. Sie rannte los. Das Klatschen ihrer ledernen Sohlen hallte vom steinernen Boden wider. Toria, mit seiner Schwester auf dem Arm, folgten dicht auf. Er konnte kaum etwas erkennen, aber er konnte Kalia riechen. Dieser feine Duft nach Sandelholz, der ihn schon sein Leben lang begleitete.

Kaum betraten die Tanten die Straße, brach die Welt über sie herein. Geschrei, Waffengeklapper, überall rannten Leute. Er drückte sich in den Armen der Tante ein Stückchen nach oben und wagte mit weit aufgerissenen Augen einen Blick über ihre Schulter. Wenige Schritte hinter ihm fuhr ein Geschoß in den Tempel. Stücke des blauen Frieses wurden weggesprengt. Die Steinsplitter schossen über die Straße und rissen Leute von den Beinen. Noch lauteres Geschrei setzte ein, so dass er sich die Ohren zuhalten musste. Er sah blutverschmierte Gesichter, aufgerissene Arme und eine Frau rührte sich gar nicht mehr. Unter ihrem leblosen Körper bildete sich eine Blutlache, die sich zusehends vergrößerte. Und, was ihn am meisten entsetzte, niemand hielt an, um den Verwundeten zu helfen. Mit einem Wimmern schloss er die Augen. Er konnte hören, wie Nirma hinter ihm zu schreien anfing. Was passierte hier nur? Nein, in Dunkelheit ließ sich das Ganze noch weniger ertragen. Panisch riss er die Augen wieder auf.

Ein Trupp Soldaten rannte unter lautem Waffengeklirr an ihnen vorbei. Die Zweierreihe aus schwer gerüsteten Männern und Frauen lief unter Fackelschein zum Hafen hinab. Ihre Gesichter waren starr vor Sorge und Verbissenheit. Er folgte ihnen mit den Augen, bis sie außer Sicht gerieten, dann drehte er sich in Kalias Armen nach vorne. Sie schob sich immer noch mit ihrer Last auf den Armen, durch die in alle Richtungen strömende Menge, doch vor ihnen konnte er den Marktplatz ausmachen. Der große Brunnen, der die Mitte des Platzes zierte, war umlagert von Bürgern. Die meisten von ihnen lagen verwundet auf dem Boden, lehnten an der Brunnenumfassung, den Fassaden der Gildehäuser und des Magistratsgebäudes. Viele Frauen gingen den Heilern und Druiden zur Hand, die mit ihren langen Zeptern durch die Reihen eilten. Sie versorgten die Verletzten, trösteten und beruhigten. Medikamente und Verbandsmaterial wurden vorbei getragen. Vor der hoch aufragenden Felswand des Talkessels, in dem die Stadt lag, hatte man ein Zelt errichtet, in welchem Vog'ern, der Oberste der Stadtärzte, sich der am schwersten Verwundeten annahm. Tragen mit schreienden Elfen und Menschen wurden an ihnen vorbei getragen und gelegentlich auch Tragen mit abgedeckten Leibern, die nicht mehr schrien. Er verstand das alles nicht und drückte sich fester an Kalia. Ein Trupp Stadtwachen, alle mit Verbänden an den verschiedensten Körperstellen, humpelte an ihnen vorbei in Richtung Stadttor. Dort hatten die Gefechte an Heftigkeit zugenommen.

Kettel, einer der Druiden, mit langem, braunem Bart, eilte mit wehender Robe auf sie zu und fasste Kalia am Arm. „Gut dich zu sehen. Wir brauchen euch, beide!" Sein Blick glitt von Kalia zu Toria und den Kindern auf ihren Armen. Der Druide schüttelte den Kopf. „Dies ist kein Ort für die Kleinen.", schrie er gegen das Wehklagen und den Kampflärm an. „Bringt sie zu

Hortense. Sie kümmert sich um die Kleinsten." Er deutete wage zu den Gebäuden hinüber, die das Handwerksviertel von Somfren bildeten. Erstes Tageslicht wagte sich über die Felswände des ehemaligen Vulkans und ließ die Gipfelspitzen erstrahlen. „Beeilt euch! Und dann kommt zurück, ich kann einige zusätzliche und fähige Hände gebrauchen."

Er wollte sich abwenden, doch Toria hielt ihn am Arm fest. Ihr Blick hätte einem Stein das Wasser aus den Poren treiben können. „Weißt du wo sich Tavu'gan aufhält? Geht es ihm gut?"

Kettel versuchte, sich aus ihrem Griff zu lösen, doch nun griff auch Kalia zu. Ihre Hand umschloss seinen Arm wie eine Schraubzwinge. „Raus mit der Sprache. Wo ist mein Bruder?" Der Druide wandt sich, hin und hergerissen zwischen der Notwendigkeit den Verwundeten zu helfen und dieser massiven Aufforderung eine unangenehme Wahrheit preiszugeben. Diese beiden würden eh keine Ruhe geben, bevor sie nicht die Antwort erhielten, die sie einforderten. Wenn sie bloß nicht so gut mit Kräutern und Tinkturen umgehen könnten. Er ließ resigniert den Kopf sinken. „Tavu'gan hat einige Halbwüchsige und Alte um sich gesammelt und versucht eine Barrikade zwischen Hafen und Tempelbezirk zu errichten. Das Umland wurde bereits aufgegeben und die Kämpfe im Hafen laufen schlecht. Jemand musste einen Rückzugsort für die Kämpfenden schaffen und er war der Einzige der greifbar war. Wir haben gehört, dass bereits Barrikaden um den Fischmarkt herum errichtet worden sind. Vielleicht können wir so die Innenstadt halten." Kalia hob eine Augenbraue, aber Kettel winkte ab. „Ich bin kein Krieger. Ich bin Heiler. Soweit ich weiß geht es Tavu'gan gut. Mehr kann ich nicht sagen. Bringt endlich die Kinder in Sicherheit und macht euch an die Arbeit."

✝

Bogensehnen sirrten. Katapulte schlugen hart in ihre Lager. Pfeile, Steine und Speere flogen. Schwerter trafen auf Schilde. Schreie aller Orten. Am Stadttor war die Hölle ausgebrochen. Dann wurde es plötzlich leiser. Kalia war vom Torvorplatz abgebogen und einer Seitenstraße gefolgt. Linker Hand tat sich die schmale Öffnung zu einem überdachten Hinterhof auf. Er blinzelte, das Dach war grün. Nein, es bestand aus Blättern. Wie war das möglich? Er beugte sich vor. Weinreben hatten die Streben der Querbalken so dicht bewuchert, dass sie eine durchgehende Fläche bildeten und im Schein der aufgehenden Sonne den ganzen Hof im grünlichen Licht erscheinen ließen. Ein gusseisernes Tor versperrte den Durchgang. Energisch rüttelte Kalia an dem mit metallenen Trauben und Weinblättern verzierten Hindernis. „Hortense, ich bin es, Kalia. Mach das Tor auf!" Nichts geschah. Das Grundstück machte einen ausgestorbenen Eindruck. Kalia holte tief Luft. „Hortense, in Silmas Namen. Öffne dieses Tor. Wir müssen zurück zu den Heilern." Kalia schnaubte vor Wut. Nun trat Toria vor: „Hortense! Ich schwöre bei allem was mir heilig ist, ich filetiere dich wie einen Thuna, wenn du durch deine Halsstarrigkeit auch nur ein einziges Leben riskierst. Dort oben sterben Leute!" Kalia sah sie überrascht an. So hatte sie ihre Schwester noch nie reden hören. Toria war doch immer die Geduldigere und Einfühlsamere von ihnen beiden gewesen.

Bevor ihr Staunen weichen konnte näherten sich schlurfende Schritte. Hortense lukte um die Hofecke, erkannte die beiden Tavu'schwestern und machte sich klappernd an ihrem Schlüsselbund zu schaffen. „Hätte ich mir doch gleich denken können, dass ihr beiden es seid, die hier so herumschreien! Und gleich von filetieren reden, also wirklich." Ihr dicker, weißer Zopf schwang empört hin und her. „Eine alte Frau ist doch kein Sechsergespann." Knarzend öffnete sich die linke Torhälfte um einen Spalt. Die beiden Frauen quetschten sich hindurch, während Hortense bereits wieder dagegen drückte. Der Schlüssel drehte sich energisch. Die Alte packte Kalia am linken und Toria am rechten Ellenbogen und trieb sie humpelnd zur Eile an.

Sie passierten den in blattgrünes Dämmerlicht getauchten Hof und betraten das Gebäude der Weinkellerei Eyerton. Nun ging die alte Elfe voran. Sie führte die Schwestern an einer großen Presse vorbei in den nächsten Raum, der angefüllt war mit Leitungen, Rohren, leeren und vollen Flaschen, Korken, Trichtern und Kisten. Hier mussten wohl die Abfüllungen stattfinden. Neugierig sah er sich um. Dies war eine völlig neue Welt. So viel zu sehen. Und so herrlich still. Kein Geschrei, kein Kampfeslärm. Er atmete tief durch.

Hortense öffnete einen Verschlag in der Zimmerecke. Dahinter führte eine schmale Treppe in die Tiefe. Es wurde dunkel. Das machte ihm Angst. Nirma hinter ihm, begann erneut leise zu weinen. Er vernahm die leise Stimme von Toria, die beruhigend auf das kleine Mädchen einredete.

Die Alte entzündete ein Talglicht, welches sie von einem winzigen Sims am Kopf der Treppe nahm und machte sich mit unterdrücktem Stöhnen an den Abstieg. Kalia und Toria, mit den Kindern auf den Armen folgten. Der Keller war bis unter die Decke mit Weinregalen gefüllt. Lediglich schmale Gänge führten durch dieses Gewirr aus Flaschen und Holz. Hortense bog einige Male, scheinbar willkürlich, nach rechts oder links ab und blieb nach einigen Minuten vor einem Regal mit Gerätschaften stehen. Kalia warf ihr einen fragenden Blick zu, doch Hortense ließ sich nicht beirren. Sie zog an einem Hebel der wie der Bandhaken eines Böttchers aussah. Das Regal schwang zur Seite.

Er riss überrascht die Augen auf. Hinter dem Regal war es taghell. Wie war das möglich? Sie waren im Keller. Einige wenige Stufen führten nach oben und entließen die Gruppe in einen geräumigen Lichthof. Die einstigen Fenster der angrenzenden Gebäude waren über die Jahre zugemauert worden, niemand würde sie hier finden. Sie, das waren die zwei Dutzend Kinder, die sich ängstlich aneinander drängten. Das Jüngste war kaum wenige Wochen, das Älteste maximal acht Sonnenläufe alt. Ältere Kinder hielten ihre jüngeren Geschwister in den Armen. Erwachsene gab es keine. Die beiden Enkelinnen Hortenses gaben sich die größte Mühe, die kleine, vor Angst wimmernde Schar zu beruhigen. Selbst kaum älter als zwölf oder vierzehn Winter, fiel ihnen das nicht leicht.

Körbe mit Essen standen bereit, außerdem Decken und Kissen. Man hatte sich auf eine lange Belagerung eingerichtet. Ein abgedeckter Brunnenschacht sorgte für Frischwasser. Selbst einen Abort gab es. Ein aus einer Holztür herausgeschnittenes Herz machte dies mehr als deutlich.

„Lasst die beiden hier!", sagte Hortense. „Wir werden uns um sie kümmern." Die Tanten küssten die Kinder auf die Stirn und redeten ihnen gut zu. Dann waren sie verschwunden, zusammen mit Hortense, die die Ausgänge im Auge behalten musste.

†

Stunden vergingen. Die Sonne kletterte in den Zenit, schien auf eine tobende Schlacht aus Chaos und Zerstörung hinab und setzte unbeeindruckt ihren Marsch zum Horizont fort. Toria und Kalia hetzten unermüdlich über den Marktplatz, verbanden, trösteten, verabreichten Kräuter und Medikamente. Die Schlacht um die Stadt wurde immer intensiver, immer mehr Verwundete trafen ein. Der Marktplatz reichte schon lange nicht mehr aus. Man hatte die Schwerstverletzten in die Gildehäuser gebracht, die sich längs des Marktes aneinander reihten. Flüchtlinge aus den umkämpften Stadtteilen, drängten sich in der Magistratshalle zusammen. Die Felder und Gehöfte in den Außenbezirken waren als Erstes an den Feind gefallen. Auch den Hafen hatte man nach erbitterten Kämpfen aufgeben müssen. Das Tor zum Hohlweg war zum Teil zerstört, doch wie durch ein Wunder hatte man die Angreifer an diesem Engpass festsetzen können. Der Fischmarkt wurde von mehreren Seiten bedrängt und stand kurz vor dem Fall. Sollte es hier zu einem Durchbruch kommen, könnten die Fremden den Verteidigern am Tor in den Rücken fallen. Diese und ähnliche Berichte erreichten die Ohren der beiden Frauen.

„Die KINDER!", dachte Kalia, der Panik nahe. Mit blutverschmierter Hand wischte sie sich den Schweiß von der Stirn. Ihr Blick glitt zu Toria hinüber. Mit flinker Hand verband diese eine Pfeilwunden und schickte die zermürbt aussehende Elfe, die zu dem ledierten Oberarm gehörte, zurück in den Einsatz. Ihre Augen wanderten immer wieder hinüber zum Handwerksviertel. Kalia besann sich auf ihre Arbeit, wurde jedoch erneut abgelenkt.
Kettel kam mit wehender Kutte auf sie zugerannt. Er zirkelte geschickt um die Verwundeten herum, die an Kalias Tisch Schlange standen, ergriff ihren Arm und zog sie zur Seite. „Kalia, ich hatte vor wenigen Minuten Aibara bei mir. Scheußliche Schulterverletzung übrigens. Ich weiß nicht, ob sie sie jemals wieder vollständig wird bewegen können." Er schüttelte den Kopf, als wolle er den Gedanken fortscheuchen. „Egal, Aibara sagte mir, dass das Handwerksviertel massive Schäden von der Seeseite aus erlitten hat. Die Katapulte der Schiffe haben die Häuser unter Beschuss genommen und einige von ihnen sind kurz vor dem Zusammenbruch. Aber was noch viel schlimmer ist, diese ..MONSTER...stellen irgendetwas mit den Kindern an. Sie hat selbst gesehen, wie man mehrere Jungen eingefangen und fortgeschleppt hat. Ich weiß nicht, was das bedeutet, aber…Du musst hinüber und die Kinder da rausholen. Sie alle." Kalia nickte eisig. Dies passte zu den restlichen Berichten. Die Feinde, wer auch immer sie waren, machten ernst. Und sie kannten keine Gnade. Sie ließ Kettel stehen und schoss zu Toria hinüber. Die Elfe ergriff den Arm ihrer Schwester und riss sie mit sich. Toria, nicht im Geringsten überrascht, verfiel sofort in einen flotten Trab, um

mit Kalia mithalten zu können. „Ich dachte schon, du wolltest sie ihrem Schicksal überlassen.", seufzte sie erleichtert.

Sie schlängelten sich eilig durch die Massen, die den hoffnungslos überfüllten Platz bevölkerten. Vereinzelte Elfen und Menschen drängten immer noch vom umkämpften Tor fort. Ein jeder versuchte in die vermeintliche Sicherheit des Tempel- und Ratsbezirks zu gelangen. Nach heftigem Geschiebe und Gerempel gegen den Strom, gelang es ihnen endlich sich durch die Lücke zwischen den Gildehäusern zu ihrer Linken und dem Handelviertel zu ihrer Rechten zu drängen und dem Trubel zu entfliehen.

Der Kampflärm wurde zunehmend lauter. Die Schwestern stöhnten gequält auf, als sie das ehemals stattliche Tor zum Hohlweg erblickten. Der rechte Torflügel aus Granholz hing halb zersplittert und windschief in seinen Angeln. Die linke Seite hielt stand, auch wenn es nur noch eine Frage der Zeit war, bis das Tor endgültig fallen würde. Das bereits klaffende Loch in der Verteidigung der Stadt war hart umkämpft. Leichen von Angreifern und Verteidigern blockierten den Durchgang, was den Strom der in die Stadt stürmenden Soldaten einschränkte. Mühsam kämpften sich die schwarz gekleideten Männer und Frauen über den unebenen, blutgetränkten Hügel aus Leibern. Sie rutschten und fielen mehr in die Stadt hinein, als das sie sie eroberten. Was jedoch nichts an dem Umstand änderte dass die Verteidiger in der Minderzahl und schlechter ausgerüstet waren. Und daran konnte kein Zweifell bestehen, wie Kalia mittels eines einzigen Blickes durch die Torbruchstelle erkannte. Eine moderne Schwungramme bearbeitete den noch intakten Torflügel und ließ ihn mit lautem Dröhnen erzittern. Von einem Belagerungsturm dahinter ging in regelmäßigen Abständen ein Pfeilhagel über die Toranlagen hinweg, auf die Verteidiger nieder. Zwischen der Ramme und dem Turm wogte ein schwarzes Meer aus Leibern, bereit über die friedliche Handelsstadt herzufallen.

Kalia und Toria klammerten sich vor Entsetzen aneinander. Wie konnte das nur passieren? Warum hatten die Götter Somfren im Stich gelassen? So lange schon hatten Silmas und die restlichen Mitglieder der göttlichen Familie nicht mehr auf den Ruf des Tempels gehört, doch nie war die Not so groß gewesen. Ihre Kinder fielen im Kampf gegen diese Aggressoren, von denen niemand wusste woher sie kamen. Keine Forderungen waren gestellt, keine Ultimaten an Somfren gerichtet worden. Und die Schwestern HÄTTEN davon erfahren, so viel war sicher! Ihr Bruder Tavu'gan war schließlich der höchste Priester im Silmas Heiligtum und im steten Kontakt zu den Oberen der Stadt. Dieser Angriff war ohne Vorwarnung erfolgt und entsetzte deshalb umso mehr.

Wieder hatten sich zwei Schwertkämpfer über den Hügel aus Toten gearbeitet. Bis zum Knie im Blut der Gefallenen watend, die Schilde gespickt mit den Pfeilen der Verteidiger, erreichten sie den Vorplatz. Die Torwachen nahmen sie in Empfang. Stark gepanzerte Kämpfer zogen die Aufmerksamkeit auf sich und versuchten die Angreifer aus dem Blick- und Schussfeld des Belagerungsturmes zu ziehen. Sobald die Soldaten Somfrens die Deckung der Felswand erreichten, brachen weitere, nur leicht gepanzerte, aber beweglichere Kämpfer hervor und machten den Usurpatoren ein schnelles Ende.

Die Kämpfer der schwarzgekleideten Armee dürsteten nach Blut. Die meisten von ihnen stürzten sich ohne Sinn und Verstand auf jeden, der sich ihnen entgegenstellte. Nur wenige durchschauten den Hinterhalt, den man ihnen stellte und versuchten tiefer in die Stadt einzudringen, bevor sie sich dem Gegner stellten. Somfren hätte den Angriff (wenn auch mit hohen Verlusten) wahrscheinlich überstehen können, wäre nicht zeitgleich auch der Hafen angegriffen worden. So aber wurden Verteidiger gebunden, die andernorts händeringend benötigt wurden. Jeder Verwundete war einer zu viel, jeder Gefallene ein Drama. Die Stadt blutete aus. Diese Erkenntnis traf Kalia wie ein Hammerschlag, während sie unter den hölzernen Vorbauten der Handelshäuser hockte und ihre Schwester im Arm hielt. Vor ihr kämpften die Verteidiger mit dem Mut der Verzweiflung und ohne Hoffnung auf Rettung. „Das werden mir die Götter teuer bezahlen.", murmelte sie voller Wut und Enttäuschung.

Mit Entsetzen sah sie, wie vor ihr einer der Somfrener Soldaten fiel. Schwer getroffen sank der stämmige Mensch in die Knie. Ein schwarz gefiederter Pfeil ragte aus dem schmalen Streifen zwischen Brustharnisch und Helm. Er gurgelte und rang verzweifelt nach Luft, während Blut aus der Halswunde quoll. Das Schwert entglitt ihm. Seine gepanzerten Hände griffen nach seinem Hals.

Der Angreifer, plötzlich von seinem Widersacher befreit, sah sich gehetzt um. Aus der Deckung wagten sich weitere Stadtsoldaten auf den Vorplatz hinaus, bereit ihn anzugreifen. Der Mann in Schwarz nahm die Beine in die Hand und flüchtete in Richtung Barrikade, die den Torplatz vom Fischmarkt trennte. Die Besatzung dort spannte die Bögen und ließ Pfeile und Speere auf ihn hinab regnen. Geistesgegenwärtig riss er seinen Schild empor. Die Geschosse trafen mittig in den weißen Kreis, der das Zentrum des schwarzen Schildes bildete. Das Gewicht der Speere ließ dem Unhold keine Wahl, er warf das Schild von sich und rannte mit gezücktem Schwert und gefletschten Zähnen auf die beiden Frauen zu. Kalia schob ihre jüngere Schwester hinter sich und zog ihre Sichel, die sie sonst für Kräuter benutzte, aus der Gürtelschlaufe. „Ich halte ihn auf!", rief sie Toria gegen den Schlachtenlärm anbrüllend zu. „Sobald er hier ist, läufst du los und bringst die Kinder in den Tempel." Toria hob die Hand und wollte protestieren, doch Kalia schnitt ihr das Wort ab. „Tue was ich dir sage!", fauchte sie und wappnete für den heftigen und sicherlich kurzen Zusammenprall mit dem Soldaten.

„Götter steht mir bei!", murmelte sie, dann war er heran. Groß und breit wie ein Bär, ragte er vor ihr auf. Und wie ein verwundeter Bär brüllte er auch, während er mit dem Schwert zum Schlag ausholte. Kalias Atem ging stoßweise. Ihre Sichel hatte sie völlig vergessen. Als ob es einen Unterschied machen würde. Eine Sichel gegen ein Schwert. Was für eine schwachsinnige Idee. Kalia schloss die Augen. *„So endet es nun.",* dachte sie bei sich.

Metall schlug auf Metall. Funken stoben wild. Kalia wurde bei Seite gestoßen und landete im Dreck. Sie riss die Augen auf. Einer der Verteidiger war herbeigeeilt und hatte sich mit Schild und Schwert zwischen die Elfe und den Angreifer geworfen. Letzterer, völlig irritiert, hatte Mühe die wütenden Schläge zu erwidern.

Dankbar rappelten sich die Frauen auf. Toria zog ihre Schwester auf die Beine und gemeinsam stolperten sie unter den hölzernen Vordächern des Handelsbezirks in Richtung Fischmarkt. Sie bogen scharf nach rechts ab und stürzten sich in das Labyrinth aus schmalen Gassen, die das Handelsviertel durchliefen, blass vor Schrecken und immer noch zitternd vor Angst und Aufregung. Froh, mit dem Leben davon gekommen zu sein, lehnten sie sich an die Rückwand einer Schneiderei und atmeten tief durch. Etwas zischte. Kam näher. Zischte lauter. Dann schien die Welt um sie herum explodieren zu wollen. Die Erde bebte. Eine Druckwelle aus Lärm und Staub riss die Frauen von den Füßen. Es regnete Ziegel und Steine. Eine ehemals massive Wand kippte in die Gasse hinein, brach sich an der Fassade des gegenüberliegenden Gebäudes und löste sich mit gewaltigem Getöse in ihre Einzelteile auf. Geschrei wurde laut. Schmerzensschreie. Entsetzensschreie. Hilfeschreie. Es herrschte der blanke Wahnsinn. Kalia hustete schwer und rieb sich den Staub aus dem Gesicht. Sie tastete nach Toria, die sich benommen regte. Ihre Köpfe dröhnten und ihre Ohren schmerzten, doch erneut kämpften sie sich auf die Beine.

Der Weg zum Hof der Weinhandlung war versperrt. Die Kinder! Hoffentlich war ihnen nichts passiert. Das Zischen setzte wieder ein. Zunächst leise, dann immer lauter. Toria griff nach Kalias Arm, die immer noch wütend auf den blockierten Weg starrte und zog sie aus der Gasse hinaus. Zurück ins Kampfgetümmel, zurück in die Schlacht um Somfren. Geduckt liefen sie an der äußeren Häuserzeile des Handwerksviertels entlang. Von der Barrikade aus rief man ihnen etwas zu. Es ging jedoch im Lärm der Einschläge unter. Sie liefen weiter.

Voraus lag die Strasse voller Trümmer. Ein Haus hatte einen Volltreffer von den Schiffsbombarden erhalten, zweifellos in dem Versuch die dahinter liegende Barrikade zu vernichten. In regelmäßigen Abständen zischten weitere Gesteinsbrocken durch die Luft und schlugen auf und um den Fischmarkt herum ein. Rasch gingen die Schwestern hinter einem herabgestürzten Mauersegment in Deckung. Das abschüssige Gelände ermöglichte ihnen einen hervorragenden Blick auf die tiefer gelegenen Stadtgebiete und präsentierte ihnen das volle Ausmaß des Dramas. Ihnen wollte der Atem stocken. Durch den aufgewirbelten Staub erkannten die Frauen die fremden Schiffe, die den Hafen belagerten und ihre tödliche Fracht auf die Stadt abfeuerten. Die Kais waren hart umkämpft, aber lediglich die breite Front der Lagerhäuser schützte die Stadt noch davor völlig überrannt zu werden.

Die Barrikade zwischen Hafen und Fischmarkt, sowie jene zwischen dem Fischmarkt und den Höfen im Süden, standen unter massivem Beschuss. Die Türme Somfrens antworteten mit gleicher Vehemenz. Mehrere Schiffe hatten getroffen den Rückzug angetreten. Ein Truppentransporter lag mit schwerer Schlagseite auf Höhe der brennenden Fischerkaten. Ein weiteres Schiff trieb Kiel oben im Hafenbecken, umgeben von schwarzen Bündeln wie es schien. Kalia mochte nicht darüber nachdenken, um was es sich dabei wirklich handelte.

All diese Gegenwehr schien bei diesem Anblick nur ein Tropfen auf den heißen Stein zu sein. Die Übermacht der Feinde war erdrückend. Die beiden Türme, die hoch oben auf den Klippen die Hafeneinfahrt bewacht hatten, waren nur noch schwelende Ruinen. Die hölzerne Fischerstadt brannte lichterloh. Die Höfe und Ställe hatte man aufgeben müssen. Flüchtlinge und Verletzte sammelten sich um den Fischmarktturm, die einzige Verteidigungsanlage, die noch nicht direkt von Bodentruppen bedrängt wurde. Ein nachvollziehbarer, aber fataler Gedanke, denn ein Volltreffer und der Turm würde hunderte Somfrener unter sich begraben.

Die Fischmarktbarriere zum Torvorplatz war selbstverständlich ebenfalls nicht direkt umkämpft. Die Geschosse erreichten diese Position nicht und schlugen entweder auf dem freien Platz oder in den Gebäuden des Handelsviertels ein. Trotzdem hatte sie eine strategisch wichtige Aufgabe. Hier sammelten sich die Kämpfer und Bürger, die zum Einsatz bereit waren. Die Kämpfe am Tor und den anderen Barrieren wurden permanent beobachtet. Tobten die Kämpfe besonders stark oder musste Personal ersetzt werden, sprangen diese Männer und Frauen ein. Je länger die Kampfhandlungen anhielten, desto weniger Krieger standen hier bereit. Viele von ihnen waren verwundet. Alle waren erschöpft. Es kamen einfach keine frischen Kräfte nach.

Tränen der Verzweiflung liefen Toria über die Wangen. Kalias Gesicht jedoch wurde hart. Sie musste etwas tun. Erst die Kinder retten und dann würden diese schwarz gewandeten Teufel sie kennenlernen. Gegen zehn Frauen und Jugendliche mit Brotmessern, Sicheln und Handäxten würden diese Monster einzeln keine Chance haben. Ein Plan reifte bereits in ihr. Von vier Seiten mit Schilden bedrängt, sodass sie sich nicht rühren konnten und dann…kurzen Prozess. Ein böses Lächeln huschte über Kalias Gesicht.

Toria knuffte ihrer Schwester in die Seite. Der Beschuss ließ nach, konzentrierte sich auf die Barrikade die zum Hafen führte. Sie liefen los. Haken schlagend liefen sie an Geschosssplittern, herausgesprengten Mauerteilen und herabgestürzten Holzbalken vorbei. Beinahe wäre Kalia auf den überall verstreut liegenden Fragmenten von Dachschindeln ausgerutscht, so erleichtert war sie die Vorderseite der Weinhandlung halbwegs intakt vorzufinden. Einer der Gesteinsbrocken hatte das Dach gestreift und eine der Gauben abgerissen. Ein mehrere Meter großes Loch prangte im Giebel und der ersten Etage. Auf der Straße davor lag der herabgefallene Schutt, der überklettert werden musste, wollte man sich der Tür nähern. Der Eingang an sich war jedoch frei. Im Gegensatz zum Nachbarhaus, dessen Front auf drei Etagen unter dem Bombardement zusammengefallen waren. Doch das nahmen die Frauen nur aus den Augenwinkeln wahr. Ihre erste Sorge galt Tavu'gans Kindern. Sie stolperten über die Gaubentrümmer hinweg und eilten in den Laden. Kalia blieb so abrupt stehen, dass Toria im vollen Lauf gegen sie stieß. Nachdem sie wieder Luft bekam, spähte Toria an der älteren Schwester vorbei in den Laden hinein. Oder besser: Sie hätte in den Laden hinein gespäht, wenn Kalia nicht unmittelbar vor einer Geröllwand gestanden hätte. Ihre Augen quollen aus den Höhlen. Kalia wollte vor Wut schreien. Sie sah sich gehetzt um. Der Raum war beinahe vollständig unter dem Geröll begraben. Es gab kein Vorbeikommen. Keine Möglichkeit in den Gang zum Keller zu gelangen, wenn es diesen überhaupt noch gab.

Toria fasste sich als Erste, packte Kalia am Arm und zog sie zurück ins Freie. Die Schwester schnaubte empört, doch Toria ließ sich nicht aufhalten! Sie schubste die widerspenstige Frau auf den Schutthaufen zu, der einst das Nachbargebäude der Weinhandlung dargestellt hatte. „Los jetzt, rauf mit dir!", prustete sie vor Anstrengung und begann sich über das Geröll empor zu arbeiten. „Bei Elviannas loderndem Atem, Toria! Was soll das bringen?"

Toria wandte sich nicht um. Die fehlende Front präsentierte ihnen einen ungehinderten Blick in die Wohnräume der oberen Etagen. Ihr Ziel fest vor Augen und über das heranzischende Geräusch der Steingeschosse hinweg brüllend, erwiderte sie: „Der Hof ist von vier Gebäuden umgeben. Dieses hier ist eines davon. Mit etwas Glück können wir die Kinder sehen."

Hinter ihnen ging eine Kugel nieder und sprengte ein weiteres Loch in das Pflaster des Fischmarktes. Die Erschütterung ließ Toria ausgleiten. Kalia erschien neben ihr und zog sie wieder auf die Beine. „Dann los. Beweg dich und lunger hier nicht rum!" Toria schnappte empört nach Luft und wollte zu einer harschen Antwort ansetzen. Es gab Momente da trieb ihre Schwester es wirklich zu bunt. Musste sie immer so unausstehlich sein? Bloß keine Schwäche zeigen. Toria schnaubte herablassend, verschob ihre aufkeimende Wut auf einen späteren Zeitpunkt und kletterte weiter.

Gemeinsam erklommen sie den Schuttberg, gelegentlich herabfallenden Steinen und Schindeln ausweichend. Kalia gelang es über einen ehemals tragenden Balken in die erste Etage zu klettern und ihre Schwester zu sich hinauf zu ziehen. Das Gebäude war extrem instabil. Jede Erschütterung ließ Staub und Steine hinab rieseln. Ein besonders naher Einschlag brachte das Gebäude so stark zum Erbeben, dass mit lautem Getöse ein weiteres Stück des Daches nach gab und auf den Fischmarkt stürzte. Die Schwestern klammerten sich angsterfüllt aneinander, doch es half nichts: Sie standen im Dunkeln.

Der Rückweg war ihnen versperrt. Der aufgewirbelte Staub ließ sie husten und würgen. Ihre Augen brannten. Aber sie waren nicht verschüttet. Den Göttern sei Dank!
Einige Minuten vergingen, bis das Haus zur Ruhe kam und die Frauen es wagen konnten sich zu bewegen.
Vor ihnen befand sich ein Spalt durch den Tageslicht drang. Den Weg dorthin, vorbei an wild durcheinander gewürfeltem Mobiliar und Schutt, ahnten sie mehr als das sie ihn sahen. Der

Spalt war lang und sehr schmal, aber es war der einzige Weg hinaus. Mühsam arbeiteten sie sich vorwärts und standen schließlich vor einer Tür. Die Decke hatte sich gesenkt und die Zarge eingedrückt. Die Tür selbst hatte sich in den Raum hinein geschoben und sich unter dem Druck der Decke verkeilt. Mit staubbedeckten Gesichtern sahen sich die beiden an, nickten und packten entschlossen zu.

Es schien Äonen zu dauern, aber die Tür bewegte sich. Kaum war der Spalt breit genug, schlüpften die Schwestern hindurch. Sie fanden sich in einem langgestreckten Flur wieder, von dem zahlreiche Türen abgingen und der in einem klaffenden, räumeübergreifenden Loch endete. Toria seufzte, lief jedoch auf das Loch zu. Vielleicht würden sie von dort einen Blick auf die Kinder erhaschen können. Abrupt blieb sie stehen. Was war das? In der Wand neben ihr befand sich ein weiteres Loch. Einige herausgefallene Ziegel gaben den Blick auf ein ehemaliges Treppenhaus frei. Sie stoppte Kalia mit ausgestrecktem Arm. „Denkst du das, was ich denke?", fragte Toria ohne die Schwester anzusehen.
„Nach all den Jahren?" Kalia zuckte mit den Schultern. „Es ist einen Versuch wert." Sie griff nach einem herumliegenden Balken. Gemeinsam hebelten sie weitere Ziegel aus der Wand, bis das Loch breit genug war, um sie durchzulassen.

Das Treppenhaus war alt und marode. Putz und Farbe blätterte fladenweise von den Wänden. Nicht umsonst hatte man es bereits vor langer Zeit aufgegeben. Toria trat einen vorsichtigen Schritt auf die oberste Stufe, was ein lautes Knarren und Ächzen nach sich zog. Sie warf einen fragenden Blick zurück auf ihre Schwester. Kalias Augenbrauen hoben sich zweifelnd. Dann zuckte sie mit den Achseln. Hatten sie eine andere Wahl? Sie wartete ungeduldig und nervös auf dem obersten Treppenabsatz bis sich Toria ins Erdgeschoss vorgearbeitet hatte.

Das Erdgeschoss war von den Treffern gezeichnet. Überall lag Schutt herum, Mauern hatten tiefe Sprünge und einige von ihnen zeigten bereits erheblichen Versatz. Der Weg zum Keller jedoch lag frei vor ihnen. „Wir müssen hier weg, bevor uns das Gemäuer endgültig über dem Kopf zusammenbricht.", murmelte Toria.

Kalia tastete sich vorsichtig die Stufen hinab. Sie war bereits auf dem halben Weg hinab in die trübe Dunkelheit, als ein weiterer Einschlag das Gebäude erschütterte. Es dröhnte das Treppenhaus hinab als wolle ihnen das gesamte Haus auf den Kopf fallen. Die Wände bebten und die Treppe bockte, wie ein wildgewordenes Pferd. Toria entfuhr ein spitzer Schrei, der sich angesichts des herabfallenden Staubs schnell in ein ersticktes Husten verwandelte. Kalia klammerte sich halt suchend an das klapprige Geländer und zog den Kopf ein. Putz rieselte. Gebälk knackte. Steine polterten. Stille.

Vorsichtig hob Kalia den Kopf. Das Treppenhaus stand noch. „Los weiter!", flüsterte Toria ihr zu, noch immer vom Schreck erfasst. Kalia ging weiter. Die Stufen knarrten unter der Belastung erbarmungswürdig, hielten aber stand. Endlich lag der weiträumige Keller vor ihr. Tief in den Fels des ehemaligen Vulkans geschlagen, bildeten die unterirdischen Räume einst die erste Heimstadt der Somfrener Bevölkerung. Die ersten Siedler hatten vor hunderten von Jahren den Stein für den Bau der Stadt direkt vor Ort gewonnen. Die dadurch entstandenen Gruben wurden zunächst zu Behelfsunterkünften und später, als die Überbauung erfolgte, zu Kellern. Die Räume waren alle miteinander verbunden, zumindest wenn es die Härte des Gesteins zugelassen hatte. Diesen Umstand machten sich die Schwestern nun zu Nutze.

Leider traf diese Art der Bauweise nur auf die Gebäude der Altstadt zu, sonst wäre es ihnen ein leichtes gewesen sich in der Stadt frei zu bewegen, auch wenn dort oben Krieg herrschte. Nichts desto trotz, mehr als einige Holzverschläge trennte sie nun nicht mehr von dem Keller der Weinhandlung. Zielstrebig griff Kalia nach einer angestaubten Fackel, entzündete sie und machte sich auf den Weg. Sie hob die Fackel über den Kopf und leuchtete die verwinkelten Ecken aus. Wenige Augenblicke später vernahm sie die heraneilenden Schritte Torias. Tatsächlich fanden sie den schmalen Durchgang zum Weinkeller, lediglich mit einigen Brettern verrammelt und diese hielten Toria nicht wirklich auf. Entschlossen zerrte sie an den alten Brettern bis diese den Weg freigaben. Das Weinfaß dahinter war schon ein größeres Problem. Mit angehaltenem Atem quetschten sich die beiden an dem bauchigen Hindernis vorbei und waren endlich am Ziel. Vor ihnen befanden sich die ersten Weinregale. Kalia führte sie zielsicher durch das Labyrinth aus Holz, Glas und gährendem Traubensaft, bis hin zum Werkzeugregal. Sie betätigte den geheimen Mechanismus und eilte, dicht gefolgt von Toria, die Stufen zum Hinterhof hinauf.

Mehrere Dutzend Augenpaare starrten sie teils ängstlich, teils erwartungsvoll an. Die Anzahl der Kinder hatte sich seit ihrem Weggang mindestens verdreifacht. Scheinbar waren auch viele Jugendliche hier in Sicherheit gebracht worden. Kaum ein freier Fleck war auf dem Hof verblieben. Überall hockten und standen sie. Viele der größeren Kinder hielten die Kleinen auf dem Arm oder auf dem Schoß. Alles war still. Kein Quengeln, kein Jammern. Alle saßen sie wie in Stein gemeißelt da und starrten zu den beiden Frauen hinauf. Hortense stand neben der Tür, bereit ihre Schützlinge zu verteidigen. Die alte Frau atmete erleichtert auf, als sie die Tavu Schwestern erkannte. Doch leider hielt die Freude nicht lange an. Als Kalia vom Stand der Schlacht berichtete, tat die Alte es mit einer lässigen Handbewegung ab. „Wir haben schon Schlimmeres überstanden!", behauptete sie wider besseres Wissen.

Ihre nächsten Worte wurden von einem weiteren Zischen unterbrochen, das schnell näher kam. Die kleineren Kinder wimmerten leise und hielten sich mit ihren Händchen die

Ohren zu. Es krachte gedämpft, als das Geschoss im östlichen Bereich der Stadt nieder ging.

Ihr Neffe hatte sie erkannt und strampelte wild in den Armen einer großen, molligen Elfe von etwa fünfzehn Wintern. Das Mädchen konnte den kleinen Kerl kaum mehr bändigen, also eilte Kalia zu ihr und nahm ihr den Jungen ab. Nirma hingegen schlief auf dem Schoß eines etwa achtjährigen, schwarzhaarigen Menschenjungen, der sich in seiner neuen Rolle als Matratze sichtlich unwohl fühlte. Die Wangen und Augen des kleinen Mädchens waren rot und verquollen. Sie musste sich in ihrer Angst in den Schlaf geweint haben.

Kalia schritt energisch auf Hortense zu. „Hortense", begann sie und schrie gegen das Heransausen des nächsten Steins an. „Kettel behauptet die Fremden stellen irgendetwas mit den Kindern an. Alle die alleine angetroffen werden, werden eingesammelt und fortgeschafft. Du musst zu Verstand kommen und sie unter Leute bringen. Es ist nur eine Frage der Zeit bis ihr hier entdeckt werdet und niemand kann euch beistehen."
Die alte, grauhaarige Elfe schob entschlossen den Kiefer vor. Ihre Augen verengten sich. „Es wird nichts passieren!", betonte sie stur.
„Du setzt die Zukunft der ganzen Stadt aufs Spiel!", mischte sich Toria ein. „Zu dritt und mit der Hilfe der größeren Kinder schaffen wir es vielleicht, alle zusammen in den Tempel zu bringen."
Hortense kreuzte die Arme vor der Brust. „Sie bleiben alle hier und damit Schluß!"
Die Schwestern seufzten synchron. Diese Frau war einfach unbelehrbar. Mit den beiden Kindern auf den Armen eilten sie zurück in den Keller.

†

Es war Schwerstarbeit für die Frauen, durch das halb zerstörte Haus und zwischen den Einschlägen hindurch, wieder zurück zum Marktplatz zu gelangen. Nirma schrie aus vollem Hals und ließ sich nicht beruhigen. Immer wieder sah er sich nach seiner Schwester um, konnte jedoch nicht das Geringste tun. Nur am Rande bemerkte er, dass die Kämpfe mittlerweile den kompletten Fischmarkt umfassten und die schwarz gekleideten Fremden zielstrebig auf das Tor zuhielten. Er wusste das Glück nicht zu schätzen, dass sie unbehelligt an diesen Kämpfen vorbei kamen, umgeben von Geschrei, Blut und Tod.

†

Vor dem Magistratsgebäude herrschte das blanke Chaos. Der Platz war haltlos überfüllt mit Verwundeten und Flüchtlingen aus den verloren gegangenen Stadtteilen. Von Seiten des Tempelhügels näherte sich bereits eine Flut aus schwarzgekleideten Leibern, die weitere Somfrener vor sich her trieben. Damit war auch der Letzte noch freie Stadtteil aufgegeben worden. Es konnte sich nur noch um Minuten handeln, bis die Schlacht endgültig verloren war. Ängstlich rottete sich die verbleibende Bevölkerung weiter zusammen, während sich der Halbkreis aus Bewaffneten um sie schloss und sie immer weiter gegen die Vulkanwand drängte.

†

Die Nacht brach herein. Immer mehr Flüchtlingen ging die Kraft aus und sie ließen sich auf den Boden sinken, wo es der Platz hergab. Irgendwann musste ein jeder der Erschöpfung nachgeben. Toria lehnte mit dem Rücken an einem der Holzpfosten des Operationszeltes. Die Zwillinge schliefen in ihren Armen, obwohl der Hunger an ihnen allen nagte. Kalia hielt sich im Zelt auf und ging Vog'ern, dem Obersten der Heiler zur Hand. Sie reichte dem fahlgesichtigen Elfen Verbandzeug an und bereitete Salben und Tinkturen zu. Sie konnte einfach nicht still sitzen. Zu viel Not war über die Stadt hereingebrochen und die Schlange der Verletzten noch immer lang.

Ihr Blick wanderte zu den Kindern, wie bereits unzählige Male zuvor. Die Nacht war lang und bis auf Routinearbeiten ereignislos, die richtige Zeit zum Nachdenken. Die Handgriffe gingen ihr wie von selbst von der Hand, ihr Geist jedoch ging auf Wanderschaft. Diese Angreifer durchkämmten die Stadt, trieben alle Bürger und entwaffneten Verteidiger in den Halbkreis auf dem Markt zusammen. Immer wieder öffnete sich das Spalier aus schwarzen Rüstungen, Piken und Schwertern, um weitere Neuankömmlinge hineinzustoßen. Und mit den Neuen kamen die Gerüchte. Geschichten über unsägliche Gewalt, wenn die Usurpatoren auf bewaffnete Gegenwehr stießen. Aber auch von Willkür und Hartherzigkeit, wenn sie die Rettungsmaßnahmen an den eingestürzten Gebäuden rigoros unterbanden und die Helfer von den Unglücksstellen fortzerrten, obwohl laute Hilferufe zu vernehmen waren. Kalia seufzte schwer. Und dann war da noch die Geschichte mit den Kindern. Kettel schien recht gehabt zu haben. Alle allein angetroffenen Kinder wurden separiert und an einem unbekannten Ort im Hafenbereich zusammengetrieben. Das war kein gutes Zeichen, insbesondere da Tavu'gan immer noch als vermisst galt.

Hauptsächlich sorgte sich die Elfe um den Jungen, denn die meisten Berichte galten Knaben, die der Säuberungsaktion zum Opfer fielen. Ein Gedanken setzte sich in ihr fest. Sie musste den Jungen irgendwie fortschaffen.

Kalia entschuldigte sich bei Vog'ern, welcher es mit einem erschöpften Nicken quittierte und weckte die schlafende Toria. Kurz erläuterte sie ihren Plan und ihre Schwester nickte schweren Herzens. Mit den Zwillingen auf den Armen gingen sie langsam aber zielstrebig auf die Gildehäuser zu. Hier hielten sich die Patienten auf, die frisch operiert worden waren oder unter besonders schweren Verletzungen zu leiden hatten.

Und wie es schien, keinen Moment zu früh. Im Vorbeigehen griff Kettel nach Kalias Arm und deutete mit einer Kopfbewegung zu der schwarzen Front hinüber. Geschrei wurde laut. In der Dunkelheit war ein Gerangel in den ersten Reihen auszumachen. Was trieben die denn da?

„Sie schaffen die Kinder weg. Diese Verbrecher haben die Geburtenlisten aus dem Tempel geholt und nehmen alle Kinder mit, deren Eltern sich nicht auftreiben lassen. Selbst nahe Verwandte, wie erwachsene Geschwister oder Großeltern werden abgewiesen." Er schüttelte resigniert den Kopf. „Wo soll das Alles nur enden?"

„Noch immer kein Wort von Tavu'gan?", fragte Toria ohne jede Hoffnung.

Der Druide schüttelte traurig den Kopf. „Bringt sie fort, zumindest den Jungen. Irgendwie!"

Kalia nickte mit vorgeschobenem Kiefer und schritt weiter auf das Gebäude der Webergilde zu. Hier wusste sie von Gästekammern, die nicht regelmäßig besucht wurden. Vielleicht ergaben sich dort Möglichkeiten.

Wenige Minuten später war der Junge versteckt. Tapferer, kleiner Kerl. Sie mussten es einfach schaffen! Sie mussten ihn retten. Der Raum war bewohnt, aber der Inhaber war nicht aufzufinden gewesen. Irgendein Händler aus Zifahan, den der Handel mit Seide nach Somfren verschlagen hatte und der nun in der Stadt festsaß, wie sie alle. Seine Kleiderkiste musste nun als Versteck herhalten, andere Optionen hatten sie nicht.

Die Schwestern kümmerten sich um die Verwundeten in ihren notdürftigen Bettstätten. Die kleine Nirma schlief in den Armen des Gildemeisters, dessen mehrfach gebrochenes Bein ihn zur Untätigkeit verdammte. Doch er wollte helfen und wurde deshalb zu einer bequemen Mischung aus Kinderbett und Schaukel.

Ängstlich behielten die drei Erwachsenen die Tür des Gästezimmers im Auge. Würde es der Kleine alleine aushalten, bis die Durchsuchungen erfolgt waren? Unglücklicherweise mussten sie nicht lange darauf warten, bis ihr Gebäude an die Reihe kam. Keine Stunde später erschien ein Kommando in schwarzen Rüstungen, mit dem weißen Kreis auf der Brust und verlangte Einlass.

Der Vorderste, ein hochgewachsener Elf mit kantigem Gesicht und silbernem Helm auf dem Kopf durchschritt die Halle der Gilde und maß die Anwesenden mit prüfendem Blick. Er rümpfte die Nase als ihm die Mischung aus verbranntem Fleisch, Blut und Wundsekret in dieselbe stieg. Der schwarze Federbusch seines Helmes schwang unablässig hin und her, bis sich sein Blick an Nirma festsaugte. „Gehört der Wurm zu dir?", fuhr er den Gildenmeister barsch an. Dieser schüttelte den Kopf und winkte mit kaum verholener Wut im Gesicht Kalia herbei.

„Was willst du?", fuhr sie den Hauptmann an. „Ich habe Verwundete zu pflegen."

„Name?", entgegnete dieser ungerührt und entrollte die Geburtenliste.

„Kalia Tavu", antwortete die Elfe mit hochgezogener Augenbraue.

Ein behaarter Finger fuhr die Liste entlang. „Kein Eintrag!", mit der linken winkte er einen Untergebenen herbei, doch Kalia trat vor den Gildemeister und nahm das Mädchen auf den Arm.

„Natürlich nicht. Mein Mann stammt aus Tuziwe. Meine Tochter ist dort geboren. Wir sind zu Besuch bei meiner Familie."

Der Hauptmann streckte die Hand aus und hielt den Soldaten an der Schulter zurück. „Mädchen? Soso." Er wandte sich dem Kind zu. „Wie heißt du, Wurm?"

Kalia rechnete fest damit, dass das schüchterne Kind zu weinen begann, doch nichts dergleichen geschah. Die Kleine schob den Kiefer vor, wie sie es bei der Tante gesehen hatte und sah dem

Offizier ängstlich aber fest an. Ihre schwarzen Augen glänzten feucht, aber sie weinte nicht."Nirma", hauchte sie.

Der Offizier kontrollierte die Liste erneut.

„Hier habe ich eine Nirma Tavu, Tochter von Tavu'gan und Nuenia Garam. Wie ich sehe hat sie noch einen Bruder. Wo ist er?"

Kalia winkte ab. „Meine Mutter hieß Nirma. Mein Bruder und ich haben unsere Töchter beide nach ihr benannt. Leider sind Tavu'gans Kinder früh verstorben. Zusammen mit der Mutter. Sehr tragisch das Ganze."

Der Offizier schaute skeptisch. Nirma strampelte heftig in Kalias Armen, schlang die kleinen Arme um ihren Hals und rief laut: „Mama, ich hab Hunger!" Kalia schluckte. Sollte die Kleine wirklich verstanden haben, um was es hier ging? In all den Jahren, in denen sie sich um die Kinder gekümmert hatte, hatten sie sie nie Mutter genannt. Sie räusperte sich, um den lästigen Kloß im Hals zu entfernen und sagte: „Gleich, mein Engel. Zuerst muss dieser Mann hier seine Arbeit machen, dann suchen wir uns was zu essen."

„Ich will ins Bett!", quängelte Nirma weiter und Kalia schaukelte sie beruhigend hin und her.

Der Offizier verlor das Interesse. „Sind weitere Kinder anwesend?" knurrte er.

Die Elfe schüttelte entschieden den Kopf. „Hier befinden sich nur Schwerverwundete. Und die brauchen Ruhe. Was wollt ihr von den Kindern?", hakte sie nach.

„Das geht dich nichts an!", beschied ihr der Hauptmann und winkte den Soldaten zu. „Durchsuchen!"

†

Dunkelheit umfing ihn. Die Zeit wollte nicht vergehen. Lange schon waren seine Tränen versiegt. Müdigkeit übermannte ihn, doch er wollte nicht einschlafen. Die Angst riss ihn immer wieder aufs Neue ins Jetzt zurück. Jemand rumpelte in der Kammer umher, in der die Tante ihn zurückgelassen hatte. Türen schlugen. Stoff riss. Plötzliche Helligkeit blendete ihn.

Grobe Hände griffen zu. Rissen ihn in die Höhe. Das Letzte an was er sich für lange Zeit erinnerte war ein Schrei, der ihn bis ins Mark erschütterte.

„TAVU'UN!"

†

General Remark, Heerführer von Somfren, an den obersten Schreiber das Verhüllten Throns, Lord Agur

Verehrter Lord Agur,

gemäß der herausragenden Planung unseres ehrwürdigen Herrschers, sowie ausserordentlich günstiger Wetterbedingungen kann ich vom erfolgreichen Abschluss der Belagerung von Somfren berichten. Die herrschenden Wetterverhältnisse, die den Feind erstaunlicherweise mehr behinderten als unsere eigenen Truppen, sorgten für nahezu leere Straßen. Kaum eine Zivilperson konnte in den ersten Minuten der Schlacht eingreifen.

Pünktlich zum Glockenschlag wurden die geplanten Sabotageaktionen durchgeführt. Die Brauerei und das Gildehaus der Zimmermänner, das Fischereiviertel sowie einige der Bauernkaten gingen in Flammen auf. Eine kurz vor dem Angriffszeitpunkt per Sturmglocke geläutete Warnung, durch ein Mitglied der Stadtwache, führte zu einigen Zusammenrottungen. Ein kurz darauf folgender Generalalarm vom Stadttor verursachte den Bau von Barrikaden an strategisch günstigen Stellen.

Die Wachttürme der Hafenanlage wurden mit gezielten Schüssen der Fregatten Tygar und Naseby zerstört. Die wenigen Überlebenden der Besatzung wurden von bereitstehenden Truppen festgesetzt.

Der landwirtschaftliche Teil der Stadt wurde im Handstreich genommen.

Der Fischmarkt und der Hafenbezirk waren hart umkämpft. Wobei die Wache des Fischmarktturms uns lange Zeit davon abgehalten hat, in die Innenstadt vorzudringen.

Als letztes leistete der Tempelbezirk Widerstand, in dem sich zweihundert Kämpfer und Kämpferinnen um den Hohepriester Tavu'gan verschanzten. Erst durch dessen Tod sowie der von rund der Hälfte der Rebellen konnte die vollständige Einnahme Somfrens ermöglicht werden.

Die zivile Bevölkerung und die Verwundeten hatten sich auf dem großen Platz vor der Markthalle versammelt und konnte widerstandslos festgesetzt werden.

Die wenigen sich bildenden Widerstandsnester konnten im Laufe der nächsten Stunden unter teils schweren Verlusten ausgehoben werden.

Das Stadttor war lange hart umkämpft und hat schweren Schaden genommen. An dieser Stelle empfehle ich eine Reparatur der entstandenen Schäden, sowie eine Verstärkung der gesamten Anlage. Gleiches gilt für die Wachanlagen am Hafen, wobei hier Neubauten vorzusehen sind.

Zum jetzigen Zeitpunkt belaufen sich die Verluste auf unserer Seite auf ca. 575 Mann, der Feind verlor 385. Durch den Beschuss der Stadt und den aufkeimenden Bränden sind ungefähr zweihundert Zivilpersonen umgekommen. Zurzeit läuft eine Volkszählung, die Klarheit über weitere überschüssige Kinder sowie eine Aufstellung aller zur

Verfügung stehenden Gewerke bringen wird. Ich lasse euch die Daten in naher Zukunft zukommen.

Bitte richtet unserem Dienstherrn meine Glückwünsche zu seinem triumphalen Sieg aus. Ich erwarte in den nächsten Tagen seine Befehle, wie mit der Stadt zu verfahren ist und welche weiteren Aufgaben er für mich vorgesehen hat.

Hochachtungsvoll und lang lebe der vermummte Herrscher,

Remark

Bildernachweis

1	Thomas Gryga
2	Dagmar Finger
3	Michael & Nicole Vogt
4	Manuela Seuser & Simone Menzenbach